这世界，如你所愿的美好

The world
is
as beautiful
as
you wish

沈嘉柯 著

人民东方出版传媒
東方出版社

图书在版编目（CIP）数据

这世界，如你所愿的美好 / 沈嘉柯著．—北京：东方出版社，2017.6
ISBN 978-7-5060-9816-8

Ⅰ.①这…　Ⅱ.①沈…　Ⅲ.①散文集—中国—当代　Ⅳ.① I267

中国版本图书馆 CIP 数据核字（2017）第 162000 号

这世界，如你所愿的美好
（ZHE SHIJIE,RU NI SUOYUAN DE MEIHAO）

作　　者：沈嘉柯
产品经理：张　旭
责任编辑：王莉莉　安莎莎
出　　版：东方出版社
发　　行：人民东方出版传媒有限公司
地　　址：北京市东城区东四十条 113 号
邮政编码：100007
印　　刷：天津泰宇印务有限公司
版　　次：2017 年 9 月第 1 版
印　　次：2019 年 5 月第 2 次印刷
开　　本：710 毫米 ×960 毫米　1/16
印　　张：15
字　　数：120 千字
书　　号：ISBN 978-7-5060-9816-8
定　　价：29.80 元

自　序

我们的人生需要阅读和写作

沈嘉柯

写作是一件很美好，同时又非常有用的事情。

说它美好，是因为它与这个世界上千百年来的文学连接在一起。我们的喜悦和哀伤，我们的趣味与审美，我们的人生故事，都可以通过写作来表达，来分享。

写作同时又是一件非常有用的事情，它的适用性无限广阔。准确清晰，富有逻辑性的书面表达，能够记录下来我们的心得体会，向其他人传达我们想要分享的经验和知识。让别人知道我们想要什么。

一个人的口头表达能力和书面表达能力，拥有其中一项，都足以令我们受益终身。

在我多年的写作生涯当中，尝试了各种各样的类型：诗歌、散文、小说、填词、评论、学术论文、新闻报道等等。常在各大中央级报刊发表。

与此同时，我从编辑，到编辑部主任，再到主编，经手的文章成千上万，有老一辈的名家作品，也有新一代的新人新作。

从指导作者文章选材到立意，从安排故事结构到提炼主旨，有灵感火花的碰撞，也有熟练生巧的技巧。一边写作一边担任编辑，我从中积累了大量的经验，逐渐摸索到，什么样的文章对写作有明显的示范作用。

那就是，讲好故事，讲清楚道理。

人有爱听故事的天性。好的故事，总是源自生活当中的真实细节。用各种生动的细节，讲好一个故事，自然而然就能打动人。这必然要求多阅读，多感受，多观察，才能掌握精彩丰富的细节。

同样一件事情，从不同的角度来理解，就能延伸出不同的文章。

掌握良好的写作能力，一个人的思考水平也会提高。思考问题越深入，知识阅历越丰富全面，写作的本事也会更加厉害。这两者是相辅相成的。

除了这两点，阅读当中感受到情感的共鸣，也有助于一个人情商的提高，心智的成长。

所以，提高写作水平，主要就是学习讲故事，提高思考分析的能力。做到这两点，足以应付日常学习和工作的需求。

比如有一次我经过某个小吃零食店，就用诗歌来描绘吃到那份零食的怀旧心情，句子十分美好动人。让人忍不住想尝一下。

比如成功的商界人士，开发布会，都会从讲故事开始吸引听众。其实，那都是事先写好了精彩的底稿。

如果你能讲出别致新鲜的故事，提炼出别出心裁的道理，那就达到了优秀作家的水平，甚至成为一个杰出的企业家。

这次应东方出版社邀约，我出版了这一套自选集，希望给包括学生在内的广大年轻人做参考。

我挑选文章的时候，选择了那些故事通畅易懂、说理清晰精炼的小品文和美文随笔。

这一套书既可以当成文学散文随笔集来阅读。同时也可以给青少年当作语文写作的参考范文。许多篇章被各类作文报刊，以及各地的语文考试作为阅读素材。

当你阅读这套书的时候，可以观察分析一下，我是如何在讲故事，如何在阐述道理的。

任何一个写作者，都是在不断阅读、不断琢磨、不断修改的过程里，写出好文章，保持良好的写作水平。

我在做杂志主编的时候，选稿要求也是“故事曲折，言之有物，真挚动人”。

就我个人而言，我的阅读倾向于那些舍弃华丽辞藻的好文章。正所谓寻常文字见功夫。对于一个作家来说，写完一样事情，朴素如常，让意义和深情从水底慢慢浮现出来，最多末尾点出一两句。甚至根本就别浮现，让看的人忍不住亲手去打捞。这就是好文章。

愿我的读者们，享受阅读的快乐，写作日益进步，获得更好的人生。

目录

第一章 一蔬一饭忆旧时

木心赞美“从前慢”，其实赞的还是人情味。世上好吃的东西吃多了，不过如此。我们最重视的还是和至亲至爱的人一起吃饭。

第二章 心如月光温柔

如何成为一个真正意义上的人？那就是把自己放的更加低，但做的事情却很高。虽然年岁很大，但内在青春之树不凋零。不因岁月磨砺而固执坚硬。

第三章 猜猜我有多爱你

树叶绿了又黄，花儿谢了又开，四季往复，门前老树，院里枯木，时间都去哪儿了？嗯，时间哪儿都没去，在你心里，在我心里。

第四章 或许只是给爱一个机会

爱要走的时候，我们得学会挽留。而挽留的办法，仍然是蕴藏着美好生活细节的爱。争吵、冷战、敌视、彼此伤害等等的招数是无效的，不仅无法挽留，还会加速爱的离去。

第五章 你若美好，世界便好

我们这个人世间，只要有一份善意，就会有一份冰雪的融化，只要有爱的传递，就会有责怨的消减。

你若美好，世界便会美好一点。

第六章 在星空下

我不必告诉谁，我的心意是什么，也许是亲人也许是成长，也许是四月的雨或正月的融雪，也许是抬头看见北极星，在星空之下心头忽然涌起的忧伤。

第七章 不寄生

那所有的难过，其实不过是因为，我们对于爱是如此的幼稚而生疏。因为有了伤痛，我们才会在暗夜里不断地辗转与反思。而那又算得了什么呢？失去了爱，但我们没有失去爱的能力。

第一章

一蔬一饭忆旧时

木心赞美“从前慢”，其实赞的还是人情味。

世上好吃的东西吃多了，不过如此。

我们最重视的还是和至亲至爱的人一起吃饭。

心被风吹拂的时候

所有幼小的心灵，都如同小帆船。如果你也曾与孩子们相处，或者你现在就在孩子的身边，会为他们吹起什么样的风？

有个很小的新闻故事，我一直记忆犹新。在澳大利亚一个度假村，儿童们上完网球课后，工作人员一时疏忽，将一个小女孩忘在网球场了。

当他们发现人数不对时，赶紧去网球场把小女孩找了回来。小女孩因为一个人留在偏远的网球场，感到很委屈，大哭得很伤心。

这时孩子的妈妈也很生气，但她犹豫了一下，蹲下来，拉着孩子的小手说："亲爱的，已经没事啦，这个姐姐因为找不到你而非常紧张，非常难过。但她不是故意的，现在你去亲亲那个姐姐，安慰她一下吧。"

结果，这个4岁的小女孩很快止住哭泣，擦擦眼泪，拉着妈妈的手，走过去。小女孩亲了亲工作人员的脸颊，说出了妈妈教给她的话："不要害怕，已经没事了。"工作人员惊讶极了，也不再哭了。

你看，如果只是一个劲儿安慰孩子，指责工作人员，那么，就等于在给孩子种下戾气恨意，不愉快的事情再度强调，也等于二次伤害。

但面对别人犯的过错，我们还可以选择宽容：“不要害怕，已经没事了。”这虽然是很简单的话，态度就不一样了，你的确做错了，但是，我可以原谅并抚慰你，你一定要注意。

这个4岁小女孩的心灵，像一只小小的帆船，还没有定向。她很幸运，被指引向宽阔的海，远离狭隘与偏执的水沟，她就容易成长为一个懂得爱与宽容的人。

事实上，所有幼小的心灵，都如同小帆船。如果你也曾与孩子们相处，或者你现在就在孩子的身边，会为他们吹起什么样的风？

如果你自己此刻还是个孩子，你愿意被什么样的风吹拂？

这般好风景

那个阳光在面孔上跳舞的清晨，弥漫的玫瑰花香，你是不是也可以嗅到？

有个故事，是从朋友那儿听来的。具体发生在哪个城市里，已经不可考证。所以，欢迎提供线索，欢迎对号入座。

有一个年轻的男孩，在一个夏季晴朗的日子去上班，他会经过一所学校。大约是在周末吧，他遇见一个短头发的女孩，就动心了。男孩心想，这就是一见钟情么？

可惜，一时间他们走散了。第二天他继续等待，发现女孩走进了一个小区的17栋楼。他进不去，不知道女孩究竟住在哪一个门牌号码下。

于是，在某个清晨，这个小区的17栋楼下的信报箱，每一户都斜插了一朵玫瑰。一共118家，就插满了118朵。

玫瑰上绑着简短的手书：你是那个短头发，穿点缀有云朵的深蓝色牛仔裤子的女孩吗？我的电话是134……如果你不是，玫瑰也送给你，请你带回家去吧。

人与人生活在一起，有些美好，连带陌生人，也有幸沾染。

这样的故事本来是别人的，与我们没有一点关系，但发生在这世界上，我们会觉得自己也是幸福的。

那个阳光在面孔上跳舞的清晨，弥漫的玫瑰花香，你是不是也可以嗅到？

这般好风景，在世界上存在，胜过无数名胜古迹。那么，现在请你温柔地告诉我，你有没有一点点沉醉？关于这个城市里发生的，我确定这算是最美好的故事之一。

一蔬一饭忆旧时

世上好吃的东西吃多了，不过如此。我们最重视的还是和至亲至爱的人一起吃饭。

父母跟着我搬家到城市已久，我总有时代太快的错觉。匆匆忙忙我就去了很多地方，给很多大学做讲座，出很多书，见很多人，怎么匆匆忙忙又要过年了。好几年懒得折腾，年饭都是自助餐或酒楼解决的。我问父母，今年想吃什么？

这个问题问得意兴阑珊，现在丰衣足食，不缺吃，吃什么都没胃口。鸡鸭鱼肉海鲜洋水果进口零食，平时吃得多，腻味。

我母亲说，今年我们吃自己种的小白菜。我不敢置信，在哪里？

母亲嘿嘿发笑，就在你窗台外面，我看你有时候午睡了，叫你爸锄掉杂草，挪了半米。我不止种了小白菜，还有小葱和两棵茶花。我乐了，真是服了他们。上个月下雪，站在窗前，瞧见一溜青翠雪白的小白菜，十分养眼。

想起从前的一顿年饭，我拿着大人给的钱，一溜小跑去买酒买汽水。这钱大人心里都琢磨好了，总要比买东西多一点，小孩子才腿脚勤快。

我母亲上午砍好莲藕和排骨，砂锅铫子慢慢熬。冬日黄昏时，慢炖出的香味，钻进鼻子，响彻灵魂。藕块粉糯，排骨细嫩，说不出的鲜美。好汤必须慢工夫。这只是其中一道菜。其他原材料，提早去集市趁着新鲜，挑好带回家。这个任务，通常是交给骑着自行车的父亲去办。

既然出门，我就坐在父亲的后座一起出门。父亲一路慢慢骑行，我东瞧瞧西看看。路边遇到了卖油炸米饭团子的，我馋嘴想吃，车子停下来。遇到了熟人同事，父亲车子再停下来，大人们聊天说事，我自个儿边上玩。父亲倒也不厌其烦，买好东西，一整天过去，我也玩得尽兴了。

肉食还要蔬菜来配才好。有什么比自己家种的更靠谱？也不用多。就把二楼那个最大的阳台直接开辟为小菜园。自家种菜自家吃，本来就是我家的旧传统。

城市那么大，父亲现在还是喜欢骑着自行车去附近的批发市场买菜。我已长大，比他高大，不再坐他的后座，慢悠悠出门一整天了。但有这些记忆，我便成了心中怀有珍宝的人。

再说回咱家的小白菜吧，他们种菜，我一颗一颗采摘好，凑个热闹，下锅小炒。自家种植，经冬过雪，这菜格外清甜。

木心赞美“从前慢”，其实赞的还是人情味。世上好吃的东西吃多了，不过如此。我们最重视的还是和至亲至爱的人一起吃饭。

月照九州

人生何处不相逢。只是命运无常，总是分离与再见遥遥无期。

幸好，天上还有一轮明亮的月，我们能够共同分享。

八月十五，我在中国南方的一个城市里，稍微一抬头，就是漫天的诗意与思念。

有一年的中秋，江南的三大名楼中秋同庆。烟火如火树银花。在朗朗月下，普天同庆。最后一首压轴的诗词，是短短两阕的《水调歌头》。

宋神宗熙宁九年，即公元 1076 年。那是一个中秋，苏轼 41 岁。面对远去的岁月，一个人下放到他乡，喝完一杯清淡的水酒。一低头就念出：明月几时有？把酒问青天。不知天上宫阙，今夕是何年……人有悲欢离合，月有阴晴圆缺，此事古难全。但愿人长久，千里共婵娟。

宋、五代十国以前是唐。诵读着苏轼的词，一个字一个字在唐诗里寻觅。那是最盛大的封建王朝，张九龄低着头，想象着故乡的万物，一个位极高官的人，忽然就情动于海。推开窗户，望见了外面的月光满海，千里万里都是闪烁的光芒。那样盛大的情形，一如我们中秋的情怀。

海上升起了明亮的月亮，整个天涯整个天下，有华语的地方，就有中国人的思念。我们是这样的一个民族，我们有着这样的一种病，叫作“乡愁”。

它无处不在。在我们远离家乡到他乡寻找梦想的时候，当我们流落的时候，当我们在世界的其他地方，告诉其他人：我是一个中国人，就注定了在我们自己的农历八月，在第十五个日子的晚上，一起举头望月。

从海外回来的一个亲人，回来的时候已经是白发苍苍，已经是岁月辗转，挑选的日子经过了许多夜晚的考虑。千里迢迢，中秋，求一个团圆。人生何处不相逢。只是命运无常，总是分离与再见遥遥无期。幸好，天上还有一轮明亮的月，我们能够共同分享。

天涯都与我们共同分享这样的一个时刻。那样一天，整个世界都能够听到。

有一天啊，宝宝

活着，也许，那便是你与你的妈妈没有形体的隔空约定。

那会是爱本身，对爱的最大回音，响彻天堂。

啊，我猜想不出，当你长大以后，会变成什么模样呢？

柔软的指头，渐渐变得有力量。微黄的毛发，渐渐变得坚硬起来。曾经的哑哑无语，终于学会了开口说话。你终会学会走路，你会读书，会上课，会渴望美好的生活，也会有自己热爱的生活方式。

你也会学会认字，学会写字。当你学会写字，你会写些什么呢？

我无法想象出来，你会写下什么。可是，我有那么强烈的一股愿望。

揣摩着，一个多年以后的少年或少女，会如何凝住眼泪，思念她呢？你会用什么样的形式来告慰思念呢？

如果幸运的话，你还能够在新闻资料里，找到她的容貌记录。

如果更幸运一点，能够听闻一点从长辈亲人那里获得的记忆。有关她谈吐的声音、行动的光影、衣服的色彩、温暖的气味，和点点滴滴的故事。

但是，这些只是如果。

那么，不如写一封回信，好么？

你总会长大。也许会有另外一个伟大的“妈妈”。然后，你那么清晰而坚固地接受着一个事实。这个事实不可更改，无比生硬。

你或者永远沉陷思念。也或者，你有了更多来自善良人的爱的弥补。

但，可能你内心仍有一丝缺憾。

你已经活下来了。现在，你对这一切还没法体察。瞪着晶亮眼睛，寻觅再也寻觅不到的妈妈。然后，你会长大。

是的，你会长大，仍然难免有成长的烦恼与痛苦，不知道那时候，谁会用心教你长大？你大约十几岁时候，也会爱慕英俊好看的少年，或者漂亮美丽的女生吧？你会恋爱，会和异性交往，如果顺利，甚至会念完大学，平安度过青春期，和心爱的人结婚，还会有自己的宝宝……生命是顽强的。但是，有一种旷大而久远地悲伤，会从你意识明晰、日益懂事开始缠绕心头。有时潜伏隐藏着，有时候忽然倾斜而出。你会在极幸福、极痛苦，又或者极平静的时刻，忽然想起她来。

因为，她看不见你的这一切了。她不能陪伴你长大了。

越过无尽年月，你都会挂念不息吧！

会否你也想写一封信？焚祭给她？

2008年的5月，中国西南地区大地震，有一个妈妈被埋在废墟之下，她身下的孩子只有几个月大。这位妈妈在等候救援的时光里，艰难地用手机记录下了这一条短信：“宝贝，如果你能活下来，一定要记得我多么爱你！”

这个婴儿在母亲的遮掩之下，毫发未伤，直到有人把他救走。

而妈妈却与他阴阳永隔。

当你已经活下来。

那么，你能够信仰的信念，我想，便是好好地活。

我无法代替你回答。

但我，以及所有如我这般关注着你的大人们（多年后，我们都会很老了哦），会告诉你，轻轻建议你。

你可以这样回复最爱你的妈妈——

“妈妈，我活下来了，我还会好好活着，让自己勇敢、幸福和快乐。因为我也深爱你。”

亲爱的不知名字的宝宝，也许，那便是你与你的妈妈没有形体的隔空约定。

那会是爱本身，对爱的最大回音，响彻天堂。

比我们先睡的人

等待再次相会，以这样的念头安放内心胸口，悲伤潮汐退去，心之海面，广阔而宁静。

最漫长的睡眠是离世。

这个世界上比我们先睡的人，以天文数字存在，浩瀚好比宇宙星系。

但大多数我们无所谓，那些人不曾参与我们的生命进程。父母近亲、用心交往的恋人、挚友、相熟的远亲，这些比我们先睡的人，令我们牵挂哀悼，因为我们亲手握过对方的手，亲身投入对方的怀抱，亲耳倾听对方的心跳，亲自感受对方的体温和体嗅，在朝夕或短暂相伴里，感知对方的存在，我们建立起——关系，那是深入骨髓的依赖和眷念。

但还有的人，我们从来没有真正触碰过，比我们先一步恒久沉睡，我们也会剧烈悲伤。

从来没有交集过，却在想象里很喜欢。

我说的这种类型的人，就是作者们。他们创造音乐、小说、戏剧、电影、漫画、器物等等。我们与他们建立起间接的好感。他们奉献作品，我们享用作品。有朝一日他们死了，我们开始难过。

仿佛心脏切割掉一块。源自我们自身的投射，对他们的喜欢，认同，就此戛然而止。

比如臼井仪人。

叫我们措手不及迎接悲伤。你要先睡了吗？可是，我们没有做好准备啊！

臼井仪人老师坠崖而亡，获知新闻的当天，我发呆半天，于是改掉签名为之哀悼，那个心脏缺口，令人难受。

没多久，就有一个小朋友跳出来在网络上跟我聊天。她说："哈，幸好我的火影忍者已经完结，作者死掉也不要紧了。"

她拯救了我，也均衡了我的悲伤。我不得不认真想一想，啊，我不是在哀悼那个真正的活人，因为从来没有共同生活，友好往来过。我只是在追思那个作品的父亲，小新的爸爸。《蜡笔小新》还没有完结就此中断，那是连接作者与我们的纽带。这根纽带剩余的半截，随风而消逝。因为太喜欢野原新之助，喜欢小白，喜欢美呀，喜欢野原广志，喜欢小葵，喜欢这一家人，还有向日葵幼稚园的全体老师同学，以及发生的所有故事，这些人物角色和故事，就此灵魂中断，一想到这一点，空阔的失落，使我更加难过。

那个漫画家去世了。

那个创作了《蜡笔小新》的漫画家去世了。

那个创作了未完结的《蜡笔小新》的漫画家去世了。

三者不能画等号。

所以，我不得不承认事实，接受事实，升华事实。我反而加倍铭记这未完结。正因为未完结，我们会一直惦记那个漫画，以及惦记和怀念亡故的作者，我们不必为此过度悲伤了。作品生命悠长，作者凝固在作品里的投影，凭借作品也“生命”悠长。

没有完结，所以永不结束。

至于比我们先睡的仪人老师，请在天堂继续创作吧。再过几十年我们前往那个世界拜读后继和完结篇。至于比我们先睡的亲友们，再过几十年，我们再相会。

以这样的念头安放内心胸口，悲伤潮汐退去，心之海面，广阔而宁静。

假装你很爱我

当一个人老了，活在世界上最大的孤独，是仍然渴求爱。

在国外读法律的阿宏同学给我讲了其朋友安娜的一段人生经历，戳中了我的内心。我用第一人称把这个女孩的故事写出来，与读者分享。

认识我很久的人都记得，我最不情愿参加社会活动。尤其对一个年长的邻居很没耐心，我是那种认为所有老年人都很“无聊”的人。祖母警告我：“安娜，有一天你也会老的。”

“那也没关系，最多不过是一个人待着，老死都没关系。我挺宅的，有手机，有电脑，还有比萨就可以了。”我回答祖母。

我的祖母摇摇头。我还年轻，才二十一岁，我的祖母也很年轻，刚刚度过六十岁的生日。

不过当时，我还没碰上莱辛小姐。

莱辛小姐住在本地的安养中心，关于安养中心有一些不太好的传闻，里面住着脾气恶劣，性格糟糕的老头老太婆。我必须承认，我到那里申请工作，纯粹是它距离我家很近。如果我干得不开心，我什么时候都可以辞职。

去申请工作的时候，负责接待的工作人员告诉我，他们需要一个助理护士，并且问我：“你有执照吗？”

我如实地说：“还没有。”

我不知道怎么样才能够取得执照。这个时候，有人带我到一个充满阳光的房间里，我握着申请表格，在一张桌子前坐下。在我的面前，是二十多个上了年纪的妇女。一个灰色衬衫黑色裤子的女人带着她们做运动。不过我冷眼旁观，那个带领运动的女人看起来毫无热忱。

我想我绝对比这样一个木头人做得好，我懂得微笑，衣柜里还有色彩鲜明的衣服，不至于让人看着压抑。

我填好申请表格，交上去。

接待人员给我打电话通知我说：“我们成立了一个新机构，你的工作资历如何？”

我回答说：“以前在学校当过老师。”

那边问：“你什么时候能够来上班？我们不能正式聘请你，所以你可以以实习身份来，我们会支付酬劳，直到你获得执照。”

我惊讶了，马上答应：“一个小时后。”

我得到了一份工作，并且满足我的条件。至于通知我的机构组织，我能够想象他们有多缺人。

从那天起，我的生命改变了。每天一醒来，就会想老人们还好吗？比里、杰克还有珍丽？我发现和他们相处，没有我想象的无聊。他们每个人都有自己的故事呢！

杰克老爹年轻的时候喜欢喝酒，微醺时话特别多，会讲他当年的英雄传奇，据说有十多个南非的妞围绕他打转。珍丽是个老小姐，做的意粉特别棒，虽然她常常忘记自己要做给谁吃，以及把番茄酱煮得有点煳。毕竟，她已经七十一岁了。她的儿子有时候开车带着孩子，一起来探望她。她不断叫错孩子和孙子们的名字，然后陷入发呆。

在这些老人里，莱辛最孤寂。八十六岁的莱辛，还是很清醒，不像很多老人记忆混乱，思考能力消失殆尽。

她的样子也不怎么可爱，手脚很大，身体总是倾倒，总是坐在老人院的蓝色椅子上，流淌着口水，嘴巴松开露出残损的牙齿，触目惊心。她的头发也不怎么梳理，最糟糕的是她从来不开口说话。这让我觉得很挫败。

她只有一个亲戚来看她。

我见过她唯一的亲戚，她的侄女。这个侄女来看望她的时候，情景几乎在重复。在她面前，保养得当、染着褐红色头发的侄女冰冷地说："支票开好了，账单也付了。你还好吧？"

得到敷衍的答复后，她的侄女便离开了。

唯一的亲戚，对待她也只是例行公事一般。莱辛小姐的世界，显然是一贯冷酷无爱的世界。

那么她的沉默无语，多么让人理解。

她在椅子里缩得越来越小。我必须说清楚一点，她的健康已经很糟糕了。来到这里工作之后，我翻读了护理手册，发现大多数人会衰老到被疾病带走。而大多数的疾病，在这个时候，医学治疗已经无效了。人们还能做什么呢？只能给予她们最好的陪伴。世人管这叫临终关怀，但我不是很能理解其意义，尤其是亲人也罕见的时候。

我决定多一点关照给莱辛，给她带一点流质的甜品。她喜欢吃这些小甜食，但无法咀嚼，到了这样的年纪，牙齿纷纷跟她说了再见。

她吃得很少，我只是拿小勺子，给她喂一点，尝一点点味道。

天气好的时候，我和她聊天，说小道故事啊，新闻啊，任何我们想到的事情。偶尔我会推着她晒晒太阳。

我从开始的只想完成我的任务，拿到薪水，到不知不觉和她主动说话，尽管她仍然不说话。我有时候会握着她的手，不断地说着话。也许只要她觉得这个世界不止她一个人，有一点响动就足够了。

直到有一天，她忽然开口说话了。这令我惊讶无比。

她喃喃地说："把腰弯下来……安娜，亲爱的安娜。"

我蹲在她旁边，她太瘦小了。我没想到，她早已经牢记我的名字。

她几乎是在哀切地请求我，说："安娜，抱我！"

我愣了。

"就当是，假装你很爱我。"

我用手抱住她，用尽我所有的爱来拥抱她，我的手臂环绕住她全部的身体，像是天空覆盖地面，没有丝毫的假装。

嗨，请你别笑话我们，那一刻，我努力用一种快乐的语气说："我的确是爱你的，莱辛。"

不过，我们都没能忍住眼泪。

后来，莱辛小姐在两天后的半夜去世了，平静而安详。当天我没有值班，她叮嘱负责人，把她枯瘦手腕上的古旧镯子，转送给我。

我想，我再也不会随随便便说那种话了——哪怕是一个人待着到老，也没关系。

当一个人老了，活在世界上最大的孤独，是仍然渴求爱。

莱辛赠我的手镯，我妥善收好，当作纪念。

回到我家所在的镇子，晚上一家人吃饭，我抱抱母亲和父亲，也抱抱我的祖母。拌嘴仍然会有，吵闹别扭也仍然会有。也许他们没觉察到，对我而言，一切已和从前不同了。

绵绵不尽的思念

能保留在记忆深处的味道，恰恰是因为思念。

你肯定听说过麻油韭菜吧？很多人吃消夜喜欢点的一道烧烤。觉得味道怎么样？对我来说，味道实在很难闻。

那天半夜从冰箱拎出胡萝卜，洗洗啃了一半，肚子开始不舒服。静静地，忽然想起了小时候闹肚子。奶奶找人问了偏方，拿麻油涂满我的肚皮，再用一坨韭菜来回推揉。折腾了一下午，麻油的香味已经开始臭掉，韭菜也变成气味可恶的糊状物。到了黄昏，奶奶才收工。

奶奶已经去世两年了。奶奶的麻油韭菜，不是用来吃的，而是用来治闹肚子的。小时候我没想过，麻油韭菜的气息，就这样跟肚子难受联结在了一起。

你肯定听过很多回的敲门声吧？人生就是这样的，去做客、去探访，都要敲门。不过，有一种敲门声，非常加快人的心跳。在电话还没有普及的年代，长辈们半夜突然听见急促烦人的敲门声，差不多就明白了，多半是要跟某个有亲属关系的人告别了。

小时候只觉得好吵闹，怎么有人半夜还在讲话。哦，告别就这样跟敲门声联结在一起了。到了人手一只智能手机的年代，敲门声就换成半夜的连环呼叫。

你肯定听过很多的老歌吧？虽然你可能是个新生代，年纪轻轻，喜欢的人是时下最流行最新鲜最好看的偶像。他们的歌要么哀婉流畅，要么动感好玩。问题是，你那生于上个世纪的爹妈，做饭的时候，走路的时候，晾衣服的时候，忽然就会来几句，“月亮出来亮汪汪”“青青河边草，悠悠天不老”“风吹稻花香两岸”。真是老土之极。

可是当你长大了，不知不觉忽然看到电视里播出经典曲目，你也跟着唱起来。有一天我赶地铁，莫名其妙哼起“送你一份爱的礼物”，单曲循环了老半天。最有意思的是，那些参加选秀比赛的年轻人，唱起了比他们的年龄大上几倍的老歌。

我曾经觉得，如果没写出来，也没讲成故事通过一代一代人传下去，我们至亲的人留在世界上的痕迹，也就慢慢消失了。

后来认真想一想，记忆庞杂，有完整记录的，也有零碎的。我们失去的人，早就化成了我们身上的言行举止的一部分，再默默扩散开来。不必想起，也早已经记住了。就像背井离乡的上海人去了各地，还是喜欢吃甜；就像我年长的朋友，回忆起半夜烦人的敲门声，四五十岁了，仍然忍不住唏嘘抹泪。

就像我讨厌麻油韭菜的味道，勾起的却是满头满脑难以遏制的哀伤。老歌再唱起，是因为不想忘记。味道保留在记忆深处，恰恰是因为思念。

从拥抱开始

一个人去拥抱另外一个人，让对方第一时间感觉自己的体温，这是一个生命在给予另外一个生命的温暖。

有一次看电视，在本地台一档职场节目瞧见我的一位女同事在当评委。那节目请年轻人来表现自己，聊自己的理想未来和对工作的看法，当场面试。

有个大学男生来参加节目，朗诵自己写的诗，谈及个性，他说就是觉得自己内心很深沉，内向，不擅交际。于是呢，我的同事就说，我怎么看你的样子，其实是很忧郁，个性也压抑呢？那咱们来做个游戏。

这同事号召台下的一众女孩子，也就是女性观众上来，分成两队，左右各一边，拖着那个大学男生的胳膊两边拉。女孩们拔河一样开拉，嘻嘻哈哈都欢乐地笑了，那个男大学生低着头尴尬地笑。

然后，我那位同事问他，你刚才站在中间感觉怎么样呀？男大学生说，我就感觉自己快要被撕裂了，两边都用力拉着我。这下，我彻底相信我这位同事的判断了。果然，同事也有点吃惊地解释：

你看，这么多年轻活泼又可爱的女孩子，跟你一起做游戏，而且她们还跟你有着这样亲密的身体接触，你没有感觉到她们的体温吗？

我让她们用力拉你，你没有感觉到，你站在群体当中，大家都在分享力量吗？对温暖和身体接触存在抗拒的人，几乎可以肯定，在人际交往和爱的能力上都有所欠缺。

婴儿诞生呱呱大哭，主要的原因之一，就是离开了温暖舒服的母体环境。大人抱着婴儿时，婴儿会安静下来，体温带来了充满安全感的呵护。温暖正是生命的要义，我们离开这个世界的最显著标志就是失去温度，寒冷僵硬。

一个人去拥抱另外一个人，让对方第一时间感觉自己的体温，这是一个生命在给予另外一个生命的温暖。所有那些让你感觉舒服的亲密接触，背后都是爱意。

在这样一群青春洋溢的女孩当中，这个大学男生感觉到的是撕裂，是不安。可想而知，他的内心并非他自己所说的什么内向深沉，而是竖立了一道挺高的封闭心墙，隔离开他人与外界，像个孤独的小动物躲在自己的巢穴里。

我还想起我那同事，早年玩过的另外一个有名的游戏，她去一个大学开讲座，让学生们站起来，尝试就近拥抱身边的陌生人。

抱着抱着，最后，有学生感动哭了。可别笑话这感动哭了的同学，因为恰恰是拥有这份敏锐和柔软的人，才能够后天习得，良好地施爱和被爱。

对于人这种高等动物而言，爱是需要教习的。你敢不敢拥抱陌生人，考验你的判断力，也考验你的情感表达。

人无法表达自己没有学习过的情感经验。

讲故事的庞老头

他的生命就像树叶一样，最终都会凋落，一片不剩。但是，有一片叶子却一直顽强挂在枝头。

幼年的暑假热得树叶又绿又亮，我在庞老头家里待着。中学的升学结果已经确定。出去玩吧，顶着炎夏七月凶残的太阳，人都要脱皮。在家待着太无聊，简直像坐牢。我母亲说，得了，要不你去庞老师那上补习班吧。

庞老师当了一辈子中学老师，退休了好多年，在家也闲不住，摆了六七张单人课桌，只收附近的小孩子，提前教点东西。一群小孩子们不喜欢上课，偷偷喊他庞老头。不认识的人听起来，还以为他是个胖胖的老头儿。

问题是，谁想放假了学几何背单词？我们不过是应付家长啊，庞老头看我们无精打采，估计一去不复返，就把小黑板擦干净，一边写上“人猿”“泰山”，一边说：“来来，我给你们讲故事吧。”

那泰山是个孤儿，被遗弃到原始丛林，跟着一群猿猴厮混，上蹿下跳，爬树抓鱼，结果不会讲人的语言，反而身手敏捷，成为森林的居民。

这故事可比教科书好玩。我们问：“后来呢？”

庞老头说：“后来啊，等下次，再给你们讲。”

我们几个很不高兴，开始起哄，您现在就说啊，快点快点。

庞老头笑眯眯，活像一头世界上最狡猾的狐狸。他宣布下课，踱着步子去院子后吃饭。我们一群猢狲散了，各回各家，各找各妈。第二天，我们当然是急不可耐在家吃了晚饭，就去庞老头家继续听故事。

两天一个故事，故事前学一点东西，写写小作业。庞老头说：“听了故事，可以在本子上记下了，再讲给别人听。”

我们兴致勃勃听从他的意见，再献宝似的说给邻居家小孩听，甚至说给大人听。

庞老头讲的最后一个故事是《最后一片叶子》。而这个故事，只有我在听。

因为他的小小补习班已经结束，新学期开学了，我的小伙伴们都去上学了。

至于我，因为我的母亲是个多礼的人，要我拎着一盒皮蛋，送去致谢。其实我们去他家之前，就已经缴了20元补习费的。

那个黄昏变成了我一个人的故事专场。

我用崇拜的目光，看着这个肚子里有无穷故事的老头，央求他再说一个，因为我很喜欢听。他呵呵笑了，我能发现他的汗毛都在震颤，大概是很高兴有学生喜欢听他讲。他收下谢礼，剥了个皮蛋直接给我吃了。

这个故事，庞老头讲得很慢，一个叫乔的年轻女孩生病住院，凄风冷雨中孤独又绝望。于是，年老的画家贝尔曼偷偷在窗外画了几片树叶。乔觉得自己的生命就像树叶一样，最终都会凋落，一片不剩。但是，有一片叶子却一直顽强地挂在枝头。

我听得目瞪口呆，世界上还有这么奇特的故事，让人心里有一些哀伤，但又不会绝望。末尾听到树叶是画的，我呆住了。

离开庞老头家，走的时候，他顺手给了我一盒云片糕。

去了学校之后，我才想起，忘记问他这个故事从哪儿来的。我的胃口一直被吊着，要多念念不忘，就有多念念不忘。我想搞清楚来龙去脉。

我打算等我从寄宿高中放假回家了，去找他问清楚。

也不过是半个学期，活了八十岁的庞老头去世了。我看见他的子女，把一屋子书清理出来，卖了。

1999 年，在大学的电子阅览室，我在搜索框里，输入了那个从庞老头嘴巴里听到的名字——欧亨利。

答案不言而喻。

当了一辈子老师的庞老头，看了很多很多的书，他把他喜欢的故事，说给了我们听。他一定有过一本《欧亨利短篇小说集》，因为我发现，他讲了不止一个欧亨利写的故事。他还提到了梳子和头发交换的故事；提到了为了把鞋子卖给不穿鞋的土著，在地上撒龙牙草种子，以便长出扎脚的草的故事……

那本从来没见到的欧亨利的无形之书，从他手里，转送到我这里。再后来，我也成了一个写故事的人。那个老人家是我最初的文学启蒙之师。而今回忆，原来文学在一老一少之间的流淌过程，本身也是一种文学。

第二章

心如月光温柔

如何成为一个真正意义上的人？

那就是把自己放的更加低，但做的事情却很高。虽然年岁很大，但内在青春之树不凋零。

不因岁月磨砺而固执坚硬。

如果感到幸福你就跺跺脚

不要为了身体的不幸福，而拒绝让自己的心感到幸福，这是最不划算的代价。

那一年，青年德皮勒完成了全部学业从州立大学毕业了，他做了一个教文学的老师。所以，从那时开始，我们应该叫他德皮勒老师。

其实德皮勒非常想做一个优秀的长跑运动员。四年前的他曾是那么单纯而痴迷的一个运动青年。但是他的梦想却在生活中成了幻想。

揣摩着自己从最新的教育学书籍上学来的方法，德皮勒在自己的学生们身上试验着。书是麦尔教授推荐的，应该不会错。麦尔教授是他大学选修心理学的主课教授，是一个有着短短白胡子的小老头。

还是有点紧张，嗯，先平静一下，看了几眼墙上画的彩色人像和明丽风光。好了，开始了。

如果感觉到幸福你就拍拍手。德皮勒大声对所有人说，这种方法要激发他们的想象力和敏感性，让他们学会表达。

孩子们纷纷举手，跟着德皮勒拍。他们的面孔，从僵硬乏味立刻变为鲜活生动。德皮勒更加激情高涨，他的视线如手提摄像机镜头一样摇晃着，从一个学生跳跃到另一个学生，最后定格在一个男孩儿脸上——他是那样的面无表情！

德皮勒又重复了一次，男孩儿依旧没有表情。

你叫什么名字？德皮勒开始冒火。

男孩儿抿紧了嘴唇，一声不吭，表情甚至有些愤怒。德皮勒又问了一句，他还是不说话。不过学生们却显得很奇怪，按照一般的情况，他的举动应该可以勾起大家的好奇。但是，所有的孩子都没有去关注这样一个事件。只有一个学生轻轻地说："老师，他叫詹姆斯。"德皮勒深深倒吸了一口气，终于克制下来，继续上以下的课程。除去过去了的25分钟，下面的20分钟，仿佛几个小时一样漫长。德皮勒的情绪彻底败坏了，慢腾腾地布置了俄文题目：幸福。然后说："请课代表下午收了之后送到我办公室。"

下课之后那个詹姆斯被德皮勒老师叫到了办公室。他亲切地嘱咐："为什么不和大家合拍呢？下次不可以，知道吗？"

男孩手揣在在口袋里，低头，沉默地点头。一直到他晃回教室去了，他的右手始终放在口袋里没拿出来。

德皮勒老师心想，嘿，我遇到了一个脾气倔强的孩子。

詹姆斯又惹事了，他和另外一个男孩打架了。德皮勒老师好奇地赶过去的时候，争执似乎已经结束。詹姆斯全身都是乱糟糟的，唯一不变的是，仍把手揣在口袋里，站着不动，满脸通红。

"你又怎么了，詹姆斯？"

詹姆斯毫不理睬，转身跑掉了。德皮勒老师只好无可奈何地离开现场。

“詹姆斯的右手以前触过电，被切断啦！”有一个女生这么说，德皮勒老师的心猛然一缩。

晚上，德皮勒老师坐在房间里一本一本地看交上来的作文，把封皮上写着詹姆斯的本子，单独抽出来。

第二天，德皮勒老师仿佛什么都没发生过，平静地走上讲台，然后把前一天的作文本子发下去。直到最后的五分钟，他说：“我们重复一下昨天的游戏好不好？”

“好！”

“但是我们要稍微修改一下，如果感到幸福，你就跺跺脚。来，老师先带头！”

真的，德皮勒老师带头跺起来，非常地用力，左右两只脚一起动着，虽然看上去非常滑稽，因为他跺起脚来，像是罗圈腿。

他们都是聪明而细心的孩子。在一分钟后，教室里响起剧烈如暴风雨般的跺脚声。其中，德皮勒老师听到最特别的一个声音，那是詹姆斯发出的。因为詹姆斯那天跺脚的声音是最大的，并且眼睛里含着泪。

德皮勒老师在他的作文上打了有史以来第一个99分，后面还附加上了一段话：“为什么没有给你满分，是因为你为了身体的不幸福，而拒绝了让自己的心感到幸福。如果你注意，会发现你的德皮勒老师其实是一个截去左脚的人，那背后也有老师的不幸故事。但是，他没有拒绝让心去感受不幸之外的幸福。所以，他虽然选择了平凡的文学老师，却仍然认真地、快乐地生活。”

是的，德皮勒老师是幸福的，他曾经治愈了自己心里的伤痕，现在又治愈了一个小小的心灵。

云上的屋子

不管是什么事，吵架了，总有一个人先退步，如果你真正在乎这个人。因为你在乎他，你才会因为他的情绪而放弃自己的愤怒。

你的猫咪已经挂了。小塔站在学校对面的湖岸边大声喊道。那天下午的风很大，小塔不愿看见遗憾的事发生。

小塔和荞麦联手开了一家店，贩卖猫粮狗粮。来光顾的都是附近的学生。直到有一个男孩走进店，跟她们说："这只猫我不要了，给你们吧。反正你们卖动物的口粮，你们可以把猫养大了玩儿，要不卖掉啊！"

荞麦格外生气，你这孩子为什么这么残忍，你凭什么把小动物的生命不当一回事？

小塔阻止了荞麦。她看着那个男孩，忽然张开怀抱说："来，给我吧！"

男孩交出一只天真的白猫，转头就走，那小东西兴高采烈地嗅着小塔的手背，舔起来，浑然不知自己被放弃了。

几个月后，小塔在学校旁边的湖边长椅上吹风，吃着一盒冰淇淋。春日彻底过去，这个火炉之城才入夏季就已经烈日炎炎。荞麦顾店时，她就取下蓝白格子围裙，出来给自己放风。

她和荞麦是一对大学恋人，毕业后决定按自己的意愿做自己喜欢的事情，现在喜欢小动物的人特别多，于是开店专门出售小动物的口粮。事实上，他们自己也喜欢小动物。

远远地，她看见男孩走向她，一脸犹豫。迟疑了半晌，那男孩终于还是背对着小塔，向路边的水果摊走去。

于是小塔冲着男孩喊出来："你的猫被我送人了，又得病，他们不肯花钱治，挂了。"

那个男孩站住，回头跑向小塔，他瞪大了眼睛，浑身发抖，却不知道说什么才好。因为正是他自己那么说过，怪不得别人。男孩不敢相信，但又没有理由不相信。

猫很麻烦，要记得天天喂食，又容易掉毛，毛飘得满屋子都是，要买小动物的是孩子，照顾的通常总是大人。男孩还要上学、打球、玩游戏，所以男孩和他的母亲发生争执了。大人总是比孩子强势，孩子却可以比大人任性，这是年少的特权。不过男孩不傻，气恼时仍然保持一点冷静，灵机一动走进了小塔的店。这是他的直觉，卖宠物口粮的人心地不会太硬。

男孩走后，他的母亲晃进了店里，半个小时后又离开。

"你看到他们的倔强了吗？"小塔问荞麦。荞麦点点头。那个年轻的男孩，一眼看起来也就是中学生模样。

荞麦微笑说："不管是什么事，吵架了，总有一个人先退步，如果你真正在乎这个人。”

男孩的母亲出了猫咪的寄养费，这件事应该算是完结了，做母亲的也不会愧疚了。然而，小塔却觉得，还有更加重要的事情没有完成。

夏季来了，很快就是暑假。在这个暑假，男孩来小塔的店里打工。在口粮店的生意维持下来以后，荞麦和小塔顺利地扩大了店面，租赁下隔壁的铺子。他们去旅行了，店就交给男孩了。

店里除了卖猫猫狗狗口粮，也卖兔子。将来说不定还会卖小龙猫小仓鼠，不过那些和男孩关系不大。

男孩不要了的那只猫咪，的确长大了。

不过没有挂掉，而是吃饱了，和它生的小猫崽，在一团一团打瞌睡。

男孩忽然觉察到一种难以言喻的感动。他只有十几岁，却在一瞬间，体会到了何为失去，灵魂中柔软的心智，一瞬间忽而长大。那正是小塔故意骗他的时候。

那些倔强的气话、抱怨顶撞或逆反，并不是那么重要，过去就过去了。

他的这份暑期工，会有盈余零花钱。还有一个多小时结束当天的营业，他不打算把猫咪的寄养费还给母亲了，因为他决定下班关店后，经过小区的蛋糕店时，给母亲买一份水果蛋糕。

此刻黄昏，男孩打开一瓶柠檬茶，坐在店里，他觉得等待的时间如此寂静悠长，心中不慌不忙。

地上的瓷砖折射着太阳淡淡的亮光，他盯着身边不同颜色的猫，它们如同很多云朵在移动飘浮，令不大的店子像一座云中之屋。

恰到火候的食物

看似复杂，但心灵手巧的家庭主妇，只用了半个小时多一点就端出上了中国百大名菜之一的美食。但是对于小栎来说，重要的是，放学回家，孤单寂寞的童年，这是最温暖的记忆。

多年之后，小栎自己按下计时器，开始在厨房里忙碌。

遥远的童年时代，六岁的小栎穿过古老的巷子，现在变成了小小的桥。石头桥边就是她的家。

每天黄昏的时候，左邻右舍的厨房，传出来诱人的香味。只有自己家寂静得不像话。父亲远在外地工作，母亲常常加班晚归。放学步行回家的小栎就这样坐在门口的台阶上，傻傻等着，饿着肚子，吞着口水。其实家里有泡面，但她厌倦了面条的味道。

那年冬天，某一次提前回家的母亲，看见坐在台阶上的小栎。摸了下她的脑袋，说："今天咱们做好吃的。"然后母亲快速地走到厨房，从口袋里掏出切好的小块排骨，那是她回家路上，在菜市场精挑细选的，用油纸包包好，外面再套了一个塑料袋带回家的。

然后呢，母亲又把院子里面堆放的一堆乌黑泥物扒开，取出一根长长的东西来。用清水洗干净，那东西就露出雪白的莲藕本色。一半斩掉黑色的藕节，切成大块，再分解为小块的藕丁。

当另外一半的藕还在被切成薄薄藕片的时候，热水已经在蒸汽锅中滚滚沸腾，小栎母亲开始用那些小块的藕，均匀搅拌上蒸菜专用的米粉，加一点盐和香料。对了，还有最重要的秘诀，这要在末尾加上。

青翠碧绿的茼蒿切碎之后，同样拌上米粉。经过冬寒训练过的红皮萝卜，切成细细的丝，也拌上米粉。蒸汽锅的抽屉上，母亲开始铺放这些食物材料，细心得像在处理一件工艺品。

一层萝卜丝，一层茼蒿，一层藕丁，颜色异常养眼，母亲盖上盖子。藕丁之上，另外加上一勺雪白的猪油，稍微搅拌。这个时候加进去的猪油会在热度下，顺着三层食材渗透下去，这样食物容易熟，还会糯滑顺口。

与此同时，那些切得透明晶莹的藕片，两片一夹裹住了切好的葱花肉末，被小栎母亲逐一放进调好的面糊里面。面糊里还加了一点鸡蛋，一点盐，一点胡椒粉。

蒸汽锅冒着白色热气，另外一边油锅已经热了。

那些夹住了肉末的藕片，在油锅里冒着气泡，散发出奇异的香味，炸到金黄色，小栎已经眼馋得不行了。这就是藕夹。

看似复杂，但心灵手巧的家庭主妇，半个小时多一点，就做出上了中国百大名菜之一的蒸菜。但是对于小栎来说，重要的是，放学回家，孤单寂寞的童年，这是最温暖的记忆。

最后，圆桌上摆出了两道菜。红红绿绿粉嫩的蒸菜，三样拼放在一个大盘子里。酥脆的藕夹，咬一口满满的鲜美，小栎根本就等不及拿筷子，直接伸手抓起一个，龇牙咧嘴吹着气，吃掉一个。母亲半是阻拦半是心疼：“喂喂，死丫头，你给我慢点吃，别烫着了。”

小时候的小栎，一边看着母亲手脚麻利烹煮食物，一边看着屋子里的墙壁上的壁钟，默默在心里计算着时间什么时候能够吃得到。小栎清晰准确地记住了，灵巧敏捷的母亲那次花了 37 分钟。她吃得很饱，夜里打嗝了好一会。

结婚以后的小栎，提起来家乡的菜色，决定做给家人吃。第一次试着做，失败了。再做，又失败了。做到第三次的时候，不耐烦了。嗨，老公早就等着开饭，看着烧焦的藕夹，寡淡无味的蒸菜，碗筷一推，黑着脸叫：“出去吃。”

不吃就不吃呀，这年代谁说女人一定要在家做饭带孩子，还非得做得好吃。小栎一样要出去上班，一样的要辛苦。既然这样那就不如一起出去吃吧！

对了，这个时候，没多少人叫她小栎了。同事朋友和老公都直接叫她的名字，李栎。小孩子永远只会叫妈妈。

有那么一些时候，李栎心中也会有那么一点遗憾：为什么没能继承妈妈的好手艺呢？于是她自我总结和安慰，大概自己真的没有做菜的天分。

小孩子七岁的时候她离婚了。在大学里面当硕士生导师的老公，跟一个年轻的女学生好了。签离婚协议的时候，老公放弃了房子，并且承诺要赡养她的父母，以及养育孩子所需要的费用，一律承担。

一瞬间，好像昨日还坐在家门口的台阶上。转眼之间，长大了，在外地念大学，谈恋爱，大城市结婚生活。眨眼之间有了小孩，眨眼之间，又恢复了自由之身。相爱带来快乐，挫败带来愤怒，告别带来眼泪，成长带来坚强。

父母呢，匆匆忙忙，发生了变故。一个上了天堂，喜欢抽烟的父亲肺癌走了。一个记忆衰减，六十多岁的母亲，有时候会忘记她的名字。五年后，也去世了。

女儿十一岁的这年，她忽然心血来潮，买好了新鲜的蔬菜，新鲜的萝卜和莲藕，还有新鲜的肉，以及各种佐料。

这一次成功了，共计55分钟。虽然效率不如母亲，但味道总算赶上了。她尝过以后，还有点不敢相信。

藕片要厚薄适度，切的时候要专心。肉末要均匀沾上淀粉才会充分地舒展柔嫩。茼蒿不能切太细，因为上锅的时候，其实会缩水。至于猪油那一勺是绝对不能少的！现在时间充分准备足够，还加上了磨碎的芝麻粉。

做好了的时候，锅碗瓢盆是热闹的，心里是安静的。只有母女两个人，也不会寂寞。其实吧，现在的孩子人小鬼大，一直嚷嚷着让她再找一个对象。当然了，得是一个看得顺眼的大叔。逗得她哭笑不得。李栎嘿嘿一笑："我要是再找男的，肯定也让你过目把关。不过，还是等你考上大学吧。"

"哼，我看你是想单独享受两人世界，不想旁边存在电灯泡吧。做得这么好吃，以前干吗不做给我吃？"

李栎无言以对，只是微笑。她本来想告诉孩子，是跟着你的外婆学的。但其实，她也没有认真学，只能算是旁观。很多女孩子并不是生来就会做饭，也不是生来就是一个杰出的厨娘。做菜有很多秘诀，但有一个秘诀，是共同的：为了你所爱的人做菜，然后静静地熟能生巧。

餐厅的菜很好吃，真的。但是大家念念不忘的还是妈妈菜，那是另外一种与众不同的好吃。

如果换成了自己的母亲重新来做，也许是另外一种好吃，也许孩子根本就不喜欢从前大人的口味。谁知道呢！其实母亲的拿手菜很多，远不止这两样，但也有的人在长大以后，重新吃到妈妈做的菜，觉得难以下咽，大概这种人已经忘却了本来的初心。世界上有千百种爱，就有千百种口味。

看着孩子吃得格外香，她胸口里涌出喜乐和淡淡的哀伤。这很奇怪，但又合情合理。

人生中那些琐碎寻常的画面，闪着微光。小栎所不能释怀的是，亲人和逝去的青春都无法重来。可是那个脸孔类似幼年自己的女孩子，瞪着天真的眼睛凝望质问："妈，怎么发呆？你也吃啊！"

嗯，她也吃起来。只有红皮萝卜才能这么晶莹甘甜，只有最新鲜的茼蒿才能闻着清香入口柔软，只有火候足够的粉蒸藕才会软糯浓郁。

到如今的岁月，李栎觉得一切饱足，都取决于自己的心，有亲爱的孩子，也爱惜自己。哪怕外面天气寒冷，但家里暖和安逸，还有一盏暖黄色的灯。

冬天的蒸菜，是一个人心中永远需要的，温热的爱。

咫尺天涯都在心间

为了获得被爱的感受，运用在日常生活中。我们的心是最饥渴的动物，执着于寻觅爱意，以爱为食物，甚至主动制造，扩大生产，再吃下去，才能够饱足平静。

我在微博上看见一个网友小杜说：“很多人与同事都是泛泛之交，每天却有三分之二的时间与他们共同度过，而最重要的亲人，每年只有几个节日能与其同聚。为什么生活里的人，往往都不在你心里；在你心里的人，往往都不在生活里。”

恰好我也琢磨过这么个事。我的看法，恰好相反。

有一年秋天我去一个朋友家里玩，进门赫然一张巨大的画，上面云山雾海迎客松傲立，扭头则是书法墨宝，再到坐下，发现桌椅都是厚重的红木家具。当时我就笑得俯身在椅子上，因为眼前的一切太离奇反差了。

我的这个朋友，是一个才二十来岁的女孩，但整个房间的风格气息，跟年轻女生的青春活泼截然相反。她只好无奈耸肩，墨宝和巨幅壁挂画都是父母送的，有着祝福的寓意呢！怎么好拒绝？而且笨重的家具木头的才结实呀。

最让她烦恼的是，她爸妈常常突袭，不告而来。有时候她正在家里看影片，听见敲门，去开门，是她爸妈从几百公里外的小城登门造访了。然后她的妈妈开始一边唠叨一边给她收拾打扫，她爸爸挺认真严肃盘问她工作怎么样，跟同事跟上司的关系相处怎么样，谈恋爱了吗……

她呢，堆起笑脸，敷衍回答：都还好啦。

之后，一家人碰头，当然也要去吃饭聊天。就这样差不多撑到黄昏，因为她的小公寓没有客房，她的爸妈便只能去住酒店。作为女儿，她当然是送双亲抵达下榻的酒店，然后自己回来。她跟我说，再拖延下去她就撑不住了。

没错，但凡和爸妈相处超过了一天，必定开始口角，开始受不了念叨郁闷顶嘴，搞不好就吵起来。吵嘴后，她又会后悔难受。她长长叹气。

对于她的叹气，我回之以：米兔。米兔，也就是英文“me too”的谐音，我们作为同一年代的人，深有同感。

两代人那么多生活习惯差别，价值观不一，对人生的追求，对世界的审美，各有各的时代刻痕。小孩子长大了，成为一个独立的个体，父母却仿佛时光停滞，态度一以贯之。

相反，有一段时间跟爸妈不见面，她会突然很思念，给爸妈打电话，隔着距离，双方的言语亲切平和，都很放松，心中觉得特别温暖。

远了牵挂，近了又怨。我也长长叹气了。

世间所有的爱都是为了在一起，不过，活生生的人真的在一起的时候，反而变得遥远。近在咫尺，但魂儿神游天外去了。心的在一起，跟地理时空上的在一起，根本错开了。

假如，我只是说假如，他们老了，离开了呢？那个时候我们为人子女，又该悲伤大哭，懊恼陪伴在一起的时间太少了吧！这样的情况生活里太多，世世代代，一直发生。

那一天真的到来时，请告诉自己说，好好地领会这悲伤，但不必懊恼。

大人老去，孩子长大，各自为人，不可能总纠缠在一起，这是社会与人的生命规律。

世间的爱，也从来不以物理的尺度衡量，全凭缘分。有生之年，彼此的心有过最亲密的触碰时刻，也就在一起了。你最爱的人，还会存在你深深的脑海里，你的梦里，你的心里。

你所要伸手牢牢抓住的，是那些即便人隔千万里，仍然感觉到温存的刹那，那是真正的“在一起”。

孩子理解父母很不容易，父母要理解孩子，也需要细腻的感受能力。2009 年的诺贝尔文学奖得主赫塔·米勒有一本小说《心兽》，这本小说有一篇很漫长的自序。序言的开头，她写了一个出现在她生命中，让她耿耿于怀的小东西。

幼年的她每次清早出门，总是忘记携带自己的手绢。然后，母亲会喊住她，提醒她：“米勒，你要记得带上手绢了。”然后她才心满意足地去上学。

忘记、提醒，日复一日，周而复始形成某种规律，伴随着她的童年。其实，她是故意忘记带的，因为这样就可以获得一种微妙的证明。妈妈很爱我，妈妈很关心我。

一个真正的母亲，总会细致入微地照顾子女。为了反复体验这种母亲之爱，她才不断“忘记”手绢，唤起母亲的提醒。母亲的关怀，就蕴含在手绢中。

大部分的人恐怕都有过这种行为，尽管自己都不是很明白，自己内心深层次的动机：为了获得被爱的感受，运用在日常生活中。我们的心是最饥渴的动物，执着于寻觅爱意，以爱为食物，甚至主动制造，扩大生产，再吃下去，才能够饱足平静。

渐渐小女孩长大了，总有一天也会成为母亲。我不知道女作家赫塔·米勒是否有女儿，我只能默默地猜想：有一天，她的孩子也透出这样的小心机，她必定万分洞悉这种自己曾有过的想法，温柔地与孩子配合吧！

我甚至还推测下去，这母亲固然洞悉秘密，却一定秘而不宣。无声无息，潜行默动，如同不为人知的天体运行一般。于是，小心机的境界又为之一跃，进入更柔软普遍的庞大境地。

亲情之爱和在一起的陪伴，藏着与我们日常认知截然相反的奥秘，拨开迷雾，才见真实。

藏在时光里的美好

生命中一些细小的恩惠还有很多，因为做的人觉得不值一提，常常缄口而过，以后自己都忘了做过。它们就藏在了时光里面，不为人知，却一点点温暖了这个世界。

假期，我坐车出门买东西，天气很暖和，晃动的公共汽车上，好多乘客都打起瞌睡来，我也不例外，看着坐在前后左右的老人、年轻女孩子，还有几个小朋友，都闭上眼睛歪着头入睡，我靠在车窗上睡着了。

醒来后，检查一下东西，都还在。只是，我发现口袋最外面的书沾染了灰尘，这很奇怪，我才从书店买的，崭新的装在口袋里，怎么会脏了？也许是人多拥挤，擦脏了吧！我拍了拍书，不再想这个事情。

旁边学生模样的小孩子说：“刚才你睡着了，书歪出来掉地上，有人帮你捡起来了。”

原来如此。

“帮我捡书的人呢？”我问。

“前站已经下车了。”小孩子回答。

城市那么大，错开了就错开了，我是不可能知道是谁帮我把书拾起，放回袋子。我受了他小小的一点恩惠，无法对他说一句“谢谢”。他甚至没有叫醒我，悄无声息完成了一次小援手。

这样的恩惠，生命当中当然还有很多，因为做的人觉得不值一提，常常缄口而过，以后自己都忘了做过。它们就藏在了时光里面，不为人知。这次碰巧有小朋友告诉了我，我得以知晓。

它们真切发生在我们身边，也许是你不在办公室，你的同事顺手帮你洗干净杯子；也许是你某天回家很晚，你的邻居喂了你的宠物小狗几块饼干，小狗得以暂免挨饿，等等。我们所生活的世界，因此而值得热爱。

十万吨眼泪

——纪念2008年四川地震

十万吨眼泪以后，悲伤转变为绵长的思念、力量、勇气，静默与生者彼此的爱的守望——那些孤儿，那些老人，那些失去孩子的父母，以及我们。

你知道么？关于一百天这个时限。

一百天是个什么特殊的日子？一百天，是心理学意义上的创伤缓冲期。受难者，一百日里将承受巨大的心之痛楚。大地裂开，而生命熄灭。一丝一缕半透明灵魂消散。直接的，间接的，所有见证者，都是受难者。我们，都是受难者。当我坐在巴士里扭头看着车载电视里反复播放的新闻的时候，眼泪反复地流淌而不可遏止。我在想，这一百日，会有多少的眼泪诞生？

假如平均一个人在10天内流下了10毫升的眼泪，那么，100个人就是1000毫升，约莫就是1千克。一吨等于1000千克。也就是说，十万个人，便有一吨的眼泪。那么，一百天呢，这个国度的10亿人呢？加上遍及海内外的其他同胞呢？总共，是可以有十万吨眼泪的。大约，是可以这样换算的吧！为了那么多转瞬离开我们的人，地球上，曾经在2008年的5月12日之后，出现过这么多的眼泪。

在这里探讨眼泪很重要么？其实，很重要的。重要到谁也无法绕过它。因为，我们表达悲伤最原始本能的形式便是眼泪，这种含有盐分的液体。

有部电影里引述爱斯基摩人的故事，当他们所爱的人死去，他们会聚在一起谈论那个死去的人五天五夜，当他们谈论的时候，他们是在淡忘关于那个人的记忆，从那以后他们就再也不谈那个人，如果他们再谈的话，那个人的灵魂就不能得到安息。

我想，大概我们无法像传说里的爱斯基摩人那样豁达，我们无法做到五天五夜后，不再谈论失去的人。

人类有一种奇妙的心理，目睹亲人同胞受难，会天然产生一种代替受难的意念。这种意念那么强烈，以致我们诞生了哀悼这样的仪式。当那么大的悲伤笼罩，那么多的人惨痛失去生命，我们怎么能够去开心，去幸福呢？所以，我们必须集体默哀。比如三天国家悼念日。

但其实，离开人间的他们，如果来得及对爱着的人说一些话，他们说的多半是，希望我们快乐幸福地活着。

即便他们离开了，也是深深爱着我们的。一如，我们深深爱着他们。请闭上眼睛，想象一下。换作是你，会怎么做？我想应该也是拼命祝福自己的亲人爱人朋友吧！希望被记得，但不希望他们凄苦而生永远哀伤。

就让我们为悲伤设立一个大致的期限。一百天内吧，痛快地哭吧。用眼泪融化悲伤，用十万吨眼泪为他们祭奠。然后，我们要走出漫长的悲伤期，我们还要答应他们，会认真生活下去，让自己幸福，更加幸福。因为，这才是他们想看见的。他们以我们的怀念，而留传存在于世界上的宝贵记忆与痕迹。我们，会永致怀念。

十万吨眼泪以后，悲伤转变为绵长的思念、力量、勇气，静默与生者彼此的爱的守望——那些孤儿，那些老人，那些失去孩子的父母，以及我们。也许我们难免还有零星哭泣时，因为哀思。但我们，所有活着的人，要替去往另外一个世界的人，加倍活下去，活出他们未尝来得及实现的那份美好幸福。

心如月光温柔

如何成为一个真正意义上的人？那就是把自己放的更加低，但做的事情却很高。虽然年岁很大，但内在青春之树不凋零。不因岁月磨砺而固执坚硬。

平时看报纸，也会看见特别的故事，有个小事尤为印象深刻。那是“小谢的故事”。

是在几年前的中秋之前看见的这个小事，在一份很小的地方晚报上。

“临近中秋，老人就集体出来看月亮，边看边说，小谢就要来了。”每到中秋，镇上养老院里的工作人员总这么说。

15 年来的中秋节，小谢一直给养老院中的老人送“节礼”，这在当地被传为佳话。

小谢曾是女村长，一到中秋前夕，就开始盘算要备的礼品了。今年也不例外。谁能喝点酒，哪几个老人喜欢什么口味的月饼，肉要几分瘦几分肥的……这些都是她要细细过问的。

日子久了，小谢就变成了小街上的“头头”，在她的带领下，在这条街上做小买卖的人都会参与到她的“送礼”队伍中来。

跟着她齐心协力，会把善事做得时间长一些、效果好一些。新坝镇上的生意人都乐意跟着小谢做好事。小谢这样的善事一做就是15年。她的名气从新坝传到了海州，海州工商联也为养老院送去了大批的生活用品。

因为小谢，那些失去了子孙辈照顾的老人，在其他人团聚分吃月饼的那天，也能够好好过节日了。

看到这儿，你知道了小谢是一个送人以温暖，洋溢温情的好人。

可是，你知道小谢今年多少岁了吗？

挂在那个养老院的老人们口中的“小谢”，其实已经71岁了。这个年纪，在我所在的本地方言里，已经是地地道道的阿婆了。

她的真名叫谢新兰。

衣着朴素、目光中透着温和的谢新兰说：“养老院里多是孤寡老人，中秋是团圆节，他们会难过，我们送点礼品过去，他们会好受些。”她还说，“其实，他们大多和我年龄差不多，为了让他们感受到子女辈的温暖，我情愿他们叫我‘小谢’。”

如何成为一个真正意义上的人？那就是把自己放的更加低，但做的事情却很高。虽然年岁很大，但内在青春之树不凋零。不因岁月磨砺而固执坚硬。小谢的心灵宛如年轻人一般，焕发光彩，如同她头顶的月光一样温柔。

手捏的饺子

渗透了强大的爱的食物，残留的潜意识温暖一直主宰着我们，会唤醒我们爱和温暖的感知。

回答我一个问题，你最爱吃的东西是什么？不局限在零食范围。

这个问题很好回答。充其量使你小小烦恼的，你的最爱吃里有几项并列。那么我要问第二个问题，为什么那一样食物你最爱吃？

可还记得第一次吃那种食物？何时何地何人何事？请让记忆苏醒，让真相呈现。你看见了什么人？什么地方？什么事情？

咦？比如我，我很爱吃饺子，还有瓜子，还有自助餐。我看见了小时候，我妈亲手包饺子，我帮她塞饺子馅，下锅煮，放调味品，热汤酸酸香香的，我大口吃着。

手捏的饺子，是与妈妈相关的童年温馨记忆。

我还记得第一次带我去吃自助餐的好朋友。我爱自助餐。我们关系很铁，常常厮混在一起，暑假兼职啊什么的，摆摊啊什么的。

我还记得，我爸出差给我带的许多桂林的甘草西瓜子。我对瓜子这种零食的偏执热爱，就是这么建立的。以致我现在上面那排的牙齿队伍里，有几颗磨损出凹痕。瓜子的味道，代表着父爱。

你呢?

为什么多数人一边嚷嚷要减肥，一边疯狂地热爱美食？是因为生命中最爱吃的，脑海第一时间想起的食物，总是跟爱联系在一起。那一定是小时候妈妈做给你吃的，或者爸爸做的，或者爸妈带你去吃的东西。

其次是恋人或朋友带我们去吃的好吃的。渗透了强大的爱的食物，残留的潜意识温暖一直主宰着我们，会唤醒我们爱和温暖的感知。即便我们忘记了当时具体的环境，忘记了人，忘记了事情，但我们会在内心深处，把当时舌头味蕾品到的味道，与心理层面感觉到的幸福感，密切融合，储存起来。

因此，我们贪恋食物，不得不一再发胖，为之烦恼。可是无论如何烦恼，即使我们克制自己少吃，但我们对食物的爱，对特定零食的爱，永远不会磨灭。这就是吃的真相之一。

如果你在吃着饺子、甜汤、炒饭等等任何一种食物的时候，感觉到幸福与美好，那是因为在你的潜意识里，美食带你重温了那份温暖美好。这是生命的真谛，食物的本质。

你最爱吃的食物，永远与你最爱的人的记忆相互牵绊。如果你很爱吃，或许只是因为你渴求爱，这是一个来自潜意识的信号。

赠送我一个小时

我们都乐意成全那些充满爱意的事情，自己也会觉得很快乐。这也是成人之美，最朴素的道理。

那是在一个早晨，某大学的课堂。当时离上课时间还很早，教授还没有来。一个年轻的男生冲上了讲台，手里拎着一个大大的背包。

他跟台下的学长学姐们问好。

然后这个男生介绍了一下自己的情况。他有一个女朋友，是附近的另外一所大学的。女朋友的家里经济条件不是很好，因此在勤工俭学，自己也做一些手工的首饰拿出来卖。

可是呢，因为女朋友忙着做东西，就没有时间和他谈恋爱约会呢！而且她的女朋友很有骨气，不愿意花他的钱。

他决定帮女朋友来卖这些小饰品。但是真的去摆摊了才发现，他在学校马路旁边蹲了好几个晚上，才卖了七八件。女朋友心里也难过。

于是他灵机一动，就跑到教室这边来了。他开始算账给大家听，每卖出去几件，他就能够多出一个小时的约会时间。所以他希望在座的学长学姐们帮帮忙，能够赠送给他一个小时。

把话说完了，他还相当诚恳地鞠了一个大躬。台下顿时哄笑成了一片，在笑过之后，大家纷纷围上来。

结果呢，不到十分钟时间，他背包里的东西都卖光了，足够女朋友两个月的生活费了。

他兴高采烈地跟大家道谢。

其实很多人根本不喜欢戴花花绿绿的小玩意。还有的男生，买了根本就没有什么用，直接就转送给别的女生了。

但是大家还是买下了他的所有小饰品。我们都乐意成全那些充满爱意的事情，自己也会觉得很快乐。这也是成人之美，最朴素的道理。

第三章

猜猜我有多爱你

树叶绿了又黄，花儿谢了又开，四季往复，
门前老树，院里枯木，时间都去哪儿了？
嗯，时间哪儿都没去，在你心里，在我心里。

我们的父亲

这是一种因怀念亲人而生的美好，在无形地散开。一个老人对自己久远离去的父亲，藏着很深很深的怀念。这怀念蔓延开来，一直漫过他的女儿的内心，漫出来，又蔓延到陌生的我这里，蔓延到我的父亲那儿。

多年前的某个春节，我和我的父亲一起回家。

我的行李太多了，要赶到车站而不耽搁时间，只有打的士。而所有的的士都是满的，我急得到处张望拦车。

这个城市每每年夜之前就下雪，下雪是极其冷的时候。这样寒冷的天气，我看见我的父亲的额头冒出腾腾的热气，嘴里还呵着雪白的热气。因为大部分行李，都在他身上。车站人多手杂，父亲把东西基本上都背到了自己身上。

一辆坐了人的的士停到父亲面前。我跑过去，奇怪地问："不是有人吗？"

里面坐了一个女人，二十七八的样子，服饰朴素而整洁。她说："上车吧，我带你们一路。”

“你们也是江城人吧？赶最后一趟回家车吧？”

“你怎么知道的？”

“在这个路口等的士，大半是直接到那个长途车站的。只有那站里的车是开往江城的。”

我和父亲相视一笑，出门遇老乡了，而且是个好心的人。

到了车站，三个人一起动作，行李迅速丢进车后面的载物厢。

在拥挤而狭小的车厢里，那个原本容纳两人的位置，明显变成了小牢笼。动也动不得，出口气都艰难。我的父亲年纪明显大了，比我还艰难地喘气。

但我也无可奈何，我有心不要劳累他，但我们会合之后，他就把行李全部揽到了他的身上，并且紧紧地抓住。那是太习惯也太熟悉的动作。我只好负责起买车票，找位子，买路上食物。幸好，遇到了一个肯帮我的大姐。

车驶出车站，里面的乘客都安定下来。和她攀谈当中，才知道真算是半个老乡。她还在我们下车之后的一个小城市。

我这个时候才来得及道谢。心里的感动让我觉得，出门在外还是好人多。在她可能不过是举手之劳，顺便而已，可却是帮了我的一个大忙。

她呵呵笑：“我哪是在帮你啊，我是在帮你的父亲呢！我看他年纪大了，提着背着那么多东西，看上去快被压弯了似的。”

我不好意思地笑：“这不都一样嘛！”

“是一样的，但也有点不一样。”

“有什么不一样的？”车厢剧烈摇摆当中，人挪动着，我们渐渐又分散开了。她也回到自己的位子。乘客都纷纷合眼休息了，我没能问她。

沿途报站，陆续下了不少人，她坐了过来。我的父亲在一边不停地说谢谢：“不赶时间的话，要不就上我家坐坐。”

她笑着推辞：“不了，不了，也没帮什么啊，顺手的事。我也赶着回家去，就不去坐了。”

回过头，她似乎洞悉我有疑问。帮我整了整行李，然后轻轻说：“是有一点点的不一样。我们都是有父亲的人。记住你的父亲，你会敬爱你的父亲。但记住你是有父亲的人，你会敬爱所有的父亲。这话啊，我家里的老头子从小讲到大。”

我细细想想，忍不住说道：“这话说得真好。你的父亲肯定很有学问。”在我以为，能够说出这样的话的老人，真的很叫人感动和尊敬。

她笑道：“他啊，做过我们那里一所中学的教师，一做就是十几年，后来做了十几年报社记者，现在退休了。也就是一个很普通的老头子，哪里有什么特别。不过，我的爷爷，也就是父亲的父亲，在他很小的时候就去世了。老头子常常念叨着祖父，叹息他都没来得及孝敬祖父。”

我沉默了。

她叹息：“我们家老头子，看见比他还老的老头儿，就特别热情尊敬。”

我想我明白其中的意思了。这是一种因怀念亲人而生的美好，在无形地散开。一个老人对自己久远离去的父亲，藏着很深很深的怀念。这怀念蔓延开来，一直漫过他的女儿的内心，漫出来，又蔓延到陌生的我这里，蔓延到我的父亲那儿。

最后我们先下了车，她的目的地在我们之后的下一个城市。她再次跳下车来，和我一起搬下行李。我嘴巴里呵吐着白气说：“真的，到我家里坐上一坐。”

“不了，车啊人啊都等着呢！呵呵，我知道车很多的，不过我也想早点回家。过个开心的节呀！”冷风吹得有些寒凉，她甩了甩头发沾上的雪片，呵吐着白气，边笑边说再见。

其他本地乘客都下完，司机开始催促，她噔噔噔上了车。我大声喊道：“你也节日开心，全家快乐啊！”

隔着车窗，我分明看见她在对我挥手，然后又向我的父亲挥手示意。她也是赶回家，赶着急切的心情，去看她的父亲吧！那位父亲，虽然我从来没有见过面，但我的心底，却有股对他的暖热的敬爱。

我想这就是生活中的“老吾老以及人之老”吧。

一碗热汤的距离

并不是每个人都天生具有充分表达爱的能力，它需要教习，然后在两代人之间，生机勃勃，来回流淌，变成活的流动之河。

我的一个朋友，他是一家之主。每一次回家，他最喜欢说的一句话是：不要烦我了，我已经工作很累。今天也一样。于是妻子安静地做饭去了。几个孩子看见他回来的时候，一个一个轮流叫过一声爸爸，然后纷纷跑开，自顾自地玩耍去了。

他劳苦了一天。他想，自己是一个非常负责任的父亲。他板着脸坐小椅子上，不知道该做什么。他已经忘却如何说一个笑话，他也不会去扮鬼脸。孩子们在一边自己玩得很开心，没有去理睬他。妻子做好饭菜准备好会叫他的。这样一个幸福的家庭，这样一个幸福的画面，还有什么不满足？他应该是非常非常满足了。

可是，一种很空乏很寂寞的感觉升了起来，在他的胸口回荡。在他回到自己的家以后，却发现他用所有的一切，所撑起的一个充满甜美欢笑的家，与他居然如此保持着距离。不，这种距离不是刻意制造的，没有亲人喜欢距离。但确实存在。

我也相信，成年以后，那些小小的孩子懂事了，会理解他们的父亲，理解他的辛劳与付出。

只是现在这一刻，孩子们在母亲那里嬉闹着，在温暖的怀抱里笑着。米饭端了上来，雪白的鲫鱼汤飘着鲜美的气味，小炒菜散发着诱人的光泽。那是一种甜而温暖的氛围，他就站在其中却格格不入。甚至没有人注意到他默默吃完饭，回到卧室的时候，眼角有潮湿的痕迹。是谁的错，应该怪谁？

他什么都没有去追究。只是，只是在下一次回家的时候，他做了一个小小的改变。门打开的时候，他张开怀抱，微笑着，对所有人说："爸爸回来了。大家都过来，让我亲一下。"

孩子亲了他，他反过来再亲孩子。

这样的行为持续了好一段时间。

有一天，他回家才放下包，孩子就跑过来主动亲了他。爱需要教习，然后在两代人之间，生机勃勃，来回流淌，变成活的流动之河。

我终于长到和你谈人生的年纪

生命中值得被书写的，不仅仅是那些所谓的丰功伟绩，也还有那些平凡的、细碎的、带着温度闪着微光的事。

拨一拨时针，1991 年，黄昏时你带着我去买苹果。小摊贩阿姨跟你闲扯砍价，随便从头到脚地仔细打量你。

你付了钱，客客气气地跟小贩阿姨说：“水果挺新鲜的，下次再买你的。”

然后你拉着我的手回家，这个小贩扭头就跟旁边卖甘蔗的大叔嘀咕，你说这是谁家的女人，天天路过桥头，我瞧她月月烫头，真有钱。

你乐坏了，摸着自己的卷发，偷笑了老半天。在大波浪头流行的年代，你时髦得太过分了，太让人羡慕嫉妒恨了。

可是我最清楚，美发店连你一分钱的便宜都没占到。我遗传了你从外公那里遗传的卷发。我的三个舅舅，个个爆炸头，卷得像学校墙壁上挂着的马克思和恩格斯。只有你和小姨妈，自来卷得比烫的还有型，顶着女人们喷火的目光，穿过大街小巷。

被叫了多少年卷毛，我就抱怨你多久。度过了为鸡窝头苦恼的小学中学和大学，毕业后我选择彻底板寸。

把时间拨回来一点儿。1996年，有一天回家，我发现你和我爸都不在家。是奶奶通风报信，你和我爸居然趁我初中才升高一功课不紧，一道去深圳旅游去了。一去就是十来天，可怜的我只有天天吃泡面和蛋炒饭。

等到你和我爸回家，拎回来一大摞照片。我问你们玩了什么，你挑出一张秀给我看。妈呀，你站在一头大象旁边，穿着缅甸国的公主服，笑容比阳光还灿烂。你说你骑了大象，下来后老半天，整个人都还是晕的。你说大象这家伙看着苕（方言：指红薯），其实乖得不得了。你说大象怎么就长那么大呢。你说还喂了大象吃香蕉大象吃得可香了，你说你们还去了中英街，那里有好多怪里怪气的洋人……我打断你的话，你儿子在家吃泡面吃得都面黄肌瘦了，你们居然玩得不亦乐乎。

你尴尬地笑了，半天才挤出一句话，还不是要谢谢你，现在长大了听话了，我才放心。

再拨到1998年吧，我爸下海做生意破产，跑到广州给一个公司打工去了。只剩你和我在家里。家里的门总是被敲得砰砰响，登门讨债的，脸色都不怎么好看，你回回支开我，让我温习。

你赔着笑脸，周旋应付。你跟他们说，都是亲戚，宽限半年就还了。但那些昔日沾过我家光的亲戚，翻脸比翻书更加快。他们把话越说越难听，你还是隐忍不发。我在卧室里都听见了，也听不下去了。我冲出来嚷嚷，算什么的亲戚啊，欠一点钱，赶着要。当时还是您先拉着我爸做这个生意那个买卖。

打发走了亲戚，你脸上还残留着笑容，叹了一口气，看着我，你这孩子说话婉转点呀。

我说好，下回我婉转点。你去做饭，我整理书本资料。

直到我大学毕业，开始工作，你都没在我面前为这哭过。

不过呢，不管把时间拨到哪一年，你看那些国产剧，《上海一家人》《外来妹》什么的，随随便便就看哭了。

你看了撒贝宁主持的《今日说法》，逮着我了就跟我分析剧情法律，谈人生说心得，比主持人还主持人。等到中央十台的《走进科学》，又迷得不行，继续逮着我推断那些乱七八糟的古怪现象到底是怎么回事。

只要开个头，你能絮叨三个小时不在话下。你儿子虽然大学学了法律，毕业却改行了，对这种节目没啥兴趣，而且肯定一定确定，总是在赶稿，只好逃之夭夭，恕不奉陪。

你闷闷不乐独自坐在那看电视，默默把频道换到本地台，看一个叫阿星的活宝主持人用方言讲段子。你又被逗乐了，笑得前俯后仰，几乎喘不过气。

你渴望我的陪伴，又知道我有我的辛苦，于是你选择自己陪自己。

这个时候，最艰难的日子，已经过去了。

你说，一家人在一起，租房都行。

曾经卖掉了房子，后来我们又买了房子，还不止一套。你终于松了半口气。我劝你说，我养个老妈，完全冒得（“没得”的方言发音）任何问题，何况你省吃俭用得不像话，你还有退休金，你还是不用再上班了。

结果你还是自己找份工，闲不下来。

有一回，你眼中带着愧疚，突然跟我说："是我们耽误你了。"我困惑不解。

隔了两天，我才搞明白。这要怪我那来借宿的同学。他们说，以我的一支笔，大学里风头出尽，写遍中央大报，教授们都吃惊，怎么后来去了个二流杂志，尽写些浪费才华的东西呢。

你真是……我该怎么说呢，你真是想多了。我承认，那时候在象牙塔里，写的那些看似高大上的玩意，带给我满满的虚荣心，拿遍了学生时代能拿的奖。但你不知道，那些文字回头看有多么无聊。

当我真正出第一本书的时候，发现还值得被记录的，其实还是后来所写的。就像你那次骑上大象，当时觉得稀罕头晕，之后不觉得有什么了。生命中值得被写下的，反而是那些细碎的，带着温度闪着微光的事。

对了，你怎么可能放得下牵挂。半生就那么一次长途旅行，念兹在兹，千里迢迢让我爸的同事带回来两篓荔枝。从南国的树上直接采摘，搭着我爸单位同事的车，送到江汉平原的那个小城。

对于母亲来说，男孩儿没法像女孩儿那样，是贴心小棉袄，可以彻夜枕边谈心，有说不完的话。

不过，我在你身上得到特别重要的一样东西，那就是勇气。在父亲被生活打垮，又来不及恢复时，你兼顾了父亲的职责。纵有疾风起，人生不言弃。

2006年，你五十岁还不到，头发已经白了一大半。不过一辈子爱美的你，不许人间见白头。

你一年一年勤快地染黑它们，让我爸给你买染发剂。我反对你染，我拿出科学依据，说染发剂会致癌，不能用。你嘟囔，一头卷发，白了比别人更难看。

我说我还没好好尽孝呢，你这是给我找堵。我说还没带你去香港玩呢，当年你在深圳一条马路之隔，政府管得紧，没法去玩，遗憾到现在。我说，我给你买的房子还出租着，你都还没住……

我说了一卡车话，你却近乎哀求，少活几年都行，就是要染，不然没法见人。

我无可奈何。一年最多染两次，我去给你买最好的染发剂。你同意了，我们终于达成一致。

我的小半生，拿过无数笔稿费，只有大一拿到的第一笔稿费最开心。因为我告诉你的时候，你惊讶了。你的儿子，17 岁就在赚钱了。你很骄傲，于艰难中第一次开怀笑出来。

看到你发自真心的笑，我很快乐，真正的快乐。

你一直虚伪地假笑，敷衍人情炎凉的各路亲戚、单位同事和邻居。你要扮演坚强，我知道，你太辛苦了。因为你知道这世界就是这样，一旦被命运打败，服输放弃，心志就垮了。锦上添花和雪中送炭，向来前者多后者少。

后来，我终于明白，对于你来说，做人就要认真地活。你认真了大半辈子，平时柔软妥帖，吃苦时却比我爸硬气，再难熬都撑下去。你不离不弃，守着我爸和我。

你对待头发的态度，就是你对自己人生的态度。

直到我如逆水行舟，还尽我爸的欠债。你总在跟我说谢谢，说拖累，说不能给我更多。

扶你去医院做检查测血压，你甚至不敢一个人去，害怕这城市太大会迷路。当你老了，我真正长大了。

树叶绿了又黄，花儿谢了又开，四季往复，门前老树，院里枯木，时间都去哪儿了？嗯，时间哪儿都没去，在你心里，在我心里。

从前你说，我只是听着，或者不耐烦地走开。如今，我终于长到了可以跟你谈人生的年纪。

去年的某一天，我们坐在沙发上聊天。你被某个话头触动心肠，忍不住滔滔不绝诉说起来。你倾尽大半生的苦水和哀伤，走过的路经过的事，多少绝望和无助，好似长江的流水。我给你递面巾纸擦泪，整整用掉了一大盒。

直到你回去睡了，坐在深夜的黑暗里，我很久都无法平复心绪。我理解你所有的付出，就如同你理解我所有的努力。

一切归结下来，不过是一个“爱”字。我从来没有当面对你说过这个字。

对于中国人来说，尤其是一个过了三十岁的男人来说，真的挺不好意思的。

我们之间，根本就没有什么谢谢不谢谢，拖累不拖累。这辈子，我们母子一场，下辈子谁知道呢？我编了那么多故事，从来没想过这个问题。也许因为，没有什么下辈子，我们能好好过下去的，只有这一次的一生。

我想，当着你的面，我大概今生都说不出口来。

好在，我可以写下来。就让我在纸上认认真真对你说一次吧：“我爱你，深深地。”

更加深邃的爱

建立在帮助被爱的人获得独立成长的基础上。所以如此悠远绵长，延续数年，这种爱，更为深邃，越过岁月呈现出黄金一般的珍贵厚重。

有个真实故事，我一直记忆深刻，来自《人民日报海外版》。2005 年 8 月 22 日上午，正在上班的李思俭接到传达室电话，说有一封“陕西来的信”。

李思俭疑惑了，她在那里没有一个亲友啊？她赶紧过去拿了那封挂号信，打开一看，娟秀的字体映入眼帘：“李阿姨，您还记得 9 年前你捐出去的一件小棉袄吗？我就是穿那件棉袄的小孩王翠……”

李思俭想起来了。

那还是 1996 年，单位为贫困老区儿童捐助冬衣，她就拿出了儿子的那件豆绿色灯芯绒棉衣。想到棉衣要穿到一个贫穷孩子身上，李思俭沉思了：“这些孩子连棉衣都买不起，哪里会有钱上学呢？”

于是她在小棉袄口袋里塞进一张小纸条。“孩子……”她这么称呼，“当你穿上这件棉衣，我们就相识了。如果你上学遇到了困难，请与我联系。”她写下了自己的地址和电话。

光阴流转，10年过去。当年的小女孩长大了。李思俭也几乎忘记，自己曾经捐出过这么一件小棉袄。

2005年王翠考上东北农业大学，学费让这个贫困家庭被阴影笼罩……王翠想起了那张纸条，事隔多年，虽不抱太大希望，她还是写出求助信。

10年里，李思俭换了6个单位，经济状况也不太好，丈夫几年前下岗，儿子正在读大二。她把刚刚得到的2000元奖金汇给了王翠。在汇款单附言上，她写道：“我会帮助你的，记住，永远不要对社会失去信心。”

“我的想法很简单——不管是9年、10年还是20年，做出的承诺一定要兑现。”李思俭说。一个月后，王翠含泪走进了大学校园，还多了一个关心她的“妈妈”李思俭。

经过新闻报道，李思俭的事传开，感动了大家。更多人表示要增添一点爱的温暖。

故事到这里，已经感人肺腑。

但是，李思俭又做出了一个特别的举动。她反对大家负担起王翠念大学的全部费用：学费可以资助，但“生活费用应当由‘女儿’勤工俭学来解决”。

“翠翠终归还是个孩子，更需要的是长辈们的指导，帮助她走好人生的每一步。”

我为之耸然动容。

爱是人类最伟大的一种情感，但我也一直认为，爱分为两种。

一种是难以持续发展的。比如父母对孩子非理性的溺爱，甜如蜜，但爱你变成了害你；比如一时热情而献爱心，不管对方是否需要，是否受益……

一种是可持续发展的。比如李思俭的爱——建立在帮助被爱的人获得独立成长的基础上。所以如此悠远绵长，延续十年，并且不被外界赞誉吹昏头脑，理性地帮助王翠学会自立，走好人生。这种爱，更为深邃，越过岁月呈现出黄金一般的珍贵厚重。

拿什么记住你

那些说过的话、做过的梦、许过的愿、发过的誓、爱过的人，天真地以为永远不会忘记的事，都在漫漫岁月不需再提。也许遗忘才是最美好的。

有一天看一个人的游记。说的是作者拜会印度的一位诗人达斯库普塔。诗人被作为活的泰戈尔而拜会。诗人做了小甜点招待，还略微谈论了下诗歌，一切显得趣味盎然又温情。很快，到了分别的时候，诗人很温柔地说："好的，好的。为了让您记住我，请收下这些吧。"

诗人弯腰从花园里捡起三颗硕大的松塔。松塔嘛，在德国的树林里到处都是，但这三颗是特别的。

啊——请收下三颗硕大的松塔。

为了让别人记得我。

我做过——

在大学毕业的时候，我把新闻系的某某想要的纪念版《中国青年报》50周年卡片送给了他，还特意签上了我的名字。在大学毕业的时候，我跟许多人合影，然后保存进中国同学录网站。

在高中毕业的时候，我给那个和我同桌但后来忽然消失的女生，写了很长很长的信。我从家里带了饭菜，和另外的同学在学校的桃树林里分享晚餐，说要记得那一幕。在初中时候，我和别人交换照片……

我做过了许多许多的事情，为了让别人记住我。

为了让别人忘记我，我做过——我拒绝任何的回音。换手机号码，换掉小企鹅号码，拒绝被知道新的住址，假装糊涂。故意惹对方生气厌恶和反感。让自己表现得糟糕，扩大自己的缺点，放大性格的恶劣……

他们到底忘记了我没有？这也是个问题。

最后我就想提醒一句，松塔是要腐烂掉的哦，除非做特别好的防止腐化的化学处理。但那样的松塔，还是天然本来面目吗？照我说，不如在快要烂掉的时候丢掉吧！它本就应该有诞生、青春、衰老、掉落、化为灰烬的过程。打扰它已经很不应该了。

至于上面的两个问题，其实是一个问题。不想忘记的，总会忘得差不多。

想要对方忘记的，对方好像真的忘记了，也在继续生活下去。

地球不改旋转，世界不改昼夜更替。

就这样长大了。

而如今，那些说过的话、做过的梦、许过的愿、发过的誓、爱过的人，天真地以为永远不会忘记的事，都在漫漫岁月不需再提。也许遗忘才是最美好的。

平安夜里吻过你

当妈妈第一次抱住自己的孩子的那一刻，就会开始懂得，总有一天孩子会长大，会学会如何爱自己所爱的人。而妈妈要做的，就是学着怎么去爱——这一个开始爱着别人的孩子。

学校最后一个圣诞节，按照惯例，戏剧节目预先开始选人，大约15天排练时间。在挑选主角时，玩了一个神秘的游戏。请每个人在纸条上写下你觉得最适合的主角名字。如果你是女生，就写一个男生，男生相反。当然还要签下你自己的名字。

也许有女生很看好帅气的男生，但是，那个男生的纸条上却写着别人的名字。只有苏江的纸条上写着邱橡。邱橡的纸条上写着苏江。主持人走到他们的身边说，现在我宣布，主角是邱橡和苏江，果然是一对。

冬天的雪开始下了，今年是提前下的。苏江的脸红红的，回到家，苏江没有像往常一样，陪着妈妈看一会儿电视，而是躺在自己的卧室里，直到她的妈妈主动敲门进来。苏江才说："妈妈，我要出演学校的节目。"

妈妈说："好啊，很好的事情。是什么样的剧目，到时候妈妈也去看。"苏江说："不了，不了，妈妈你那么忙，不要辛苦跑一趟。我们是利用放学后晚上的时候排练。"

连续排练了四天，欢乐而热闹。

第五天的彩排室。邱橡闭上眼睛，却没有吻下去。他们只是虚拟地稚气地模仿，向上然后向下，呼吸交错……还有身体紧密地贴近，仿佛要把最后一点空隙赶跑。在戏剧里，他们是一对情侣。

这个时候苏江似乎想起一些什么。突兀地问道："我们会一直在一起吗？"邱橡停了下来，睁开眼睛："你是说，在大学里相见吗？"苏江点点头。

"那看你是不是跟我去一所大学。"

苏江推开了邱橡，站立半晌，说："我要回家了。"

苏江看到妈妈仍然躺在沙发里看着电视。妈妈说，饭菜热在厨房，端出来就可以吃了。苏江就慢慢吃了起来，喝汤、夹菜。妈妈似乎有点焦虑，电视的画面不断更换，频道一个一个地轮流。苏江端饭的时候她躺在沙发的左边，吃完时换到右边。收拾好碗筷出来，又换到了左边。跟苏江说晚安的时候，眼光凝视了好几分钟。似乎担心着什么，却又藏着一点喜悦，却始终什么话都没有说。

第八天。妈妈对打算出门的苏江说："今天晚上你陪我坐一下吧。"苏江愣了一下。妈妈问："好吗？"妈妈曾经看不起另外的一些妈妈，她甚至发过誓绝不做那种妈妈。可是现在，她想把女儿挽留下去，不要参加任何演出，也不要课后去和同学见面。电话响了，妈妈去接。苏江在一边说："妈妈，一定是邱橡，你和他说今晚我休息一次，不去了。"

那个男生的讲话声音，斯文温和而且礼貌，她不止一次在电话里听见。作为妈妈的她，忽然改变主意了："苏江你去吧，不过要早点回来，路上一定要小心。"

她看着苏江的脸绽开笑容走出去。她知道，苏江记挂着自己一起排练的朋友们，苏江更愿意跟邱橡在一起，而不是和她闷闷地看八点的肥皂剧。苏江的笑容使她喜悦，而喜悦之后，沉沉的失落涌来，她其实想做一个不讲理的妈妈，有一千个理由留下苏江，但她一个也没用。她靠在沙发上，睡着了。

彩排的第十天。其他同学问："你们还回不回去了，太晚了，我们走了。"邱橡站在门口说："你们去吧，我们多练习一下，晚点就回去。"人走空了，排练教室安静下来，门也关上了。暖气从角落更加旺盛地弥漫出来。

两个人各自舞蹈起来，旋转，然后接近，又分开，最后拥抱在一起。外面冰雪寒冷，而窗帘拉下的房间里空气是热乎乎的，苏江的眼神是热的，邱橡的眼神也是热的。

九点钟，整个学校灯光渐渐暗下去。噼啪的声音响起，两个人瞬间分开。苏江跑到窗户边，拉开窗帘，她看见几米远的地方，彩色的焰火冲上半空，是谁提前在放烟火啊？苏江忽然想起她和妈妈约定的时间，回头说："我该回去了。"邱橡眼睛里，有难以觉察的东西，最后他说："我送你回去吧。"

终于到了平安夜，剧目是《罗密欧与朱丽叶》。剧情里罗密欧与朱丽叶有一吻，很轻很柔和的一个吻。演出是一定要吻下去的，他的吻细致而迅速，温热里一点凉。然后大礼堂响起笑和鼓掌的声音，演出时雪又下起来。

散场时候，第一次，邱橡没有送她到路口。他把伞递给了苏江，挥着手说："我走了。"

苏江是温顺听话的好孩子，一直都是，她不可能违背妈妈的话去选择大学。

而妈妈是世界上最好的妈妈。当她听到邱橡说的大学名字，和她心里的不同。苏江知道，自己的初恋已经完结。苏江就冒出一个念头来。

苏江把伞收起来夹在胳膊间，雪落在头发上，站在路口许久。她是愿意的，如果不是那场意外的烟火惊醒了。现在所有人都知道，那个吻，是苏江愿意给邱橡的。苏江觉得自己一点也没有遗憾，那么容易就结束的爱。以一个亲吻结束，一个就足够。

妈妈这一次坐在饭桌前等着，没有看电视。她什么都没说，她知晓一切，小小的女儿已经长大了。苏江对妈妈说：很成功，我们演出的《王子复仇记》好极了。妈妈只是将苏江揽到怀里，拍去苏江头上的一点雪花，抚摸着苏江的头发，吻了吻苏江的额头。在妈妈的后脑勺，也有一点雪花渐渐融化，消散无形。

从妈妈抱着那个婴儿开始，就知道，总有一天苏江要长大，要去学会如何爱自己所爱的人。而她自己也要学会的，是如何爱苏江。

总在夏天想起她

人生，总有一些回忆，在那些承受困苦的时候，回想起来会令你渐渐心平气和。那是生命最初的珍藏，轻易不会动用。

今年初夏时分，去乡下探望了外婆。

八十岁的外婆，仍然坚持要去田地里种菜，她养的一只鸡和一只鸭扑哧闹着，穿过篱笆往池塘边跑过去，大概池塘那边有新鲜的昆虫或小螺蛳。

乡村的生活条件其实很恶劣，但是小时候我却特别喜欢去外婆家玩。每每都是在放暑假的时候，也就必然是夏季。

现在算一算时间，我的童年时代，外婆大概五十来岁。村子里有很多池塘，外婆家的门后池塘清澈干净，小小的鱼儿游来游去，我就蹲在池边，看得入迷。外婆教我，用一点点碎米，撒进一只盆子里，再把盆子拿布盖住一半，手脚很轻很轻地将盆子放进池水中。

黄昏时候，我简直万分欣喜，只要动作飞快，稳稳地拿起盆子，不花什么力气，就收获了很多小鱼小虾。别人家的炊烟升起时，外婆也开始做晚饭，她把小鱼虾们裹上面浆，拌一点盐和胡椒粉，细心地一枚一枚油炸好，这一碗鲜香的菜，就是特别用来招待我的。再加上两样新鲜摘的菜炒好，新煮的米饭清香甘甜，我的筷子赶不上我的馋嘴了。那时候，外婆乐呵呵看着我大口吃，她自己不吃。

也有时候她会自己酿米酒，酵母和蒸熟的糯米搅拌均匀，盖上一块布，等着里面自然发酵，溢出酒汁，甜酸当中带点辛辣。多喝几口，我的脸孔会泛红，想起背诵过的诗“共君一醉一陶然”。外婆姓陶，这个姓氏挺诗意的。

而今相隔远了，一年大概去看望一趟。因为她的生日，也是在夏季时分。这次见到外婆，她一口气煮了十几枚鸡蛋给我吃。走地鸡生的蛋，水煮了加点白糖，其实特别鲜美。我却只吃了一个，其他的推给外公外婆，劝他们多吃点。

如今的我，看着外公外婆吃，反倒更加开心。我也慢慢地体会到，幼年时，外婆看着我吃得开心她也开心的心情了。

我买了很多吃的带给外婆，专门挑那些软绵绵的绿豆糕、面包、果汁、酥饼，还有软嫩容易咀嚼的卤鸡。

少年时代天真烂漫，心中无知无畏，容易快乐，开心这种东西，得来全不费工夫。

长大后，在办公室昏昏沉沉加班时，在漆黑深夜里独自值班时，在拥挤公交车里憋闷难受时，在梦破碎的时分，在沉痛之极大哭之时，在疲乏厌倦工作时刻，脾气暴躁不堪，觉得人生太难熬。忽而想起八十岁的外婆，记忆纷至沓来，心中觉得安定。

人生，总有一些回忆，在那些承受困苦的时候，回想起来会令你渐渐心平气和。那是生命最初的珍藏，轻易不会动用。

我的外婆，她白发苍苍，照常劳作农活，照常吃饭睡觉，照常抹泪，也照常大笑，走起路已经摇摇晃晃，视力不行了，虽有病痛，但她并不当一回事，说起生死，坦然无比。手上沾满田地里的泥土，但我觉得她心如琉璃，洁净明白。

我渐渐明白“家有一老，如有一宝”的意思了。那是心念的依托，仅仅是看着老人不慌不忙，见惯了世事光阴经历过大喜大悲的淡定，自己也会淡然安定下来。

她人生中活动的范围至今没超过方圆一百公里，却能平复安抚走遍大江南北、跨越千万里路的我。

第四章

或许只是给爱一个机会

爱要走的时候，我们得学会挽留。

而挽留的办法，仍然是蕴藏着美好生活细节的爱。

争吵、冷战、敌视、彼此伤害等等的招数是无效的，不仅无法挽留，还会加速爱的离去。

耳畔的呼唤

他拥有健康的充满阳光的彩色童年，远离了充满歧视与难过的糟糕命运，而这一切都是源自于妈妈最深沉的奉献。

星期五的一大早，教室里其他人都没有到，只有米勒和雷洛两个人。米勒就拍了拍雷洛的肩膀，说："你的生日宴会准备得怎么样了啊？"雷洛摇摇头，说道："还没有，我爸爸说他的礼物还没有准备好。"回想起爸爸说这话的时候神秘的笑容，雷洛就充满了期待。

还有5天，也就是下个星期四，就是雷洛的16岁生日。包括米勒在内，雷洛最好的几个朋友，就会参加那天的聚会，并且他们都神秘地微笑着告诉雷洛："我们会给你带一份惊喜的礼物哦！"

你看，生日的美好，就是可以收到朋友们的礼物。

还有就是来自爸爸和妈妈的礼物。还处于15岁的雷洛，心里全是期待。

就如同天气预报所说的，星期四的那天清晨，太阳从东边升起，蔚蓝的天空里飘浮着大朵的白云。雷洛背起书包，出门前他对妈妈说，“妈妈，我今天应该几点回来呢？”

他亲爱的妈妈如同往常一样，“哦？”然后走近雷洛，亲了亲他的额头：“亲爱的雷洛，你可以重复一遍吗？”

雷洛有点不耐烦了，只好重复一次，这次妈妈听见了，她面带笑容说：“当然，今天你应该晚点到家，就比平时晚1个小时吧！”

得到了满意的答复，雷洛的嘴巴弯弯地笑起来，幸福洋溢在他的胸口。他知道，晚点的意思是，让爸爸妈妈好布置他的生日派对。

雷洛记得不大清楚了。总之，大约从5岁以后，他每次向妈妈要东西，常常得重复两次，如：“妈妈我的足球你收到哪里去了？”“那件白色的衬衣呢？”

母亲永远是稍微愣一下，听不大清楚的样子，望向雷洛。如果不巧此时的母亲正戴着围裙在厨房里做甜饼，那么雷洛只好走过去，到母亲身边，然后再说一次。这一次距离近了，母亲就听得明白。雷洛问过母亲原因，母亲解释，随着年纪大了，人的听力就会不如从前，并且，她还会摸摸雷洛的头说：“相信我亲爱的宝贝，不会介意的。”

当然，那是最最亲爱的妈妈，雷洛怎么会介意呢？只是在10岁前，雷洛才1米高的时候，有些不习惯而已，那时候他需要等妈妈蹲下来，才能够对着她的耳朵重复。现在，已经不需要这样了，他已经长成1.7米高的小男子汉了。

雷洛以妈妈为骄傲，因为她有着一头金色蓬松的卷发，十多年不变。任何需要家长出席的场合，妈妈的甜饼总是最受大家欢迎的。

那一时刻终于要到来。雷洛特意在下课放学后，在附近的公园逗留了半个小时，然后还逗一条出来散步的小狗玩。估摸着时间差不多了，开始走向回家的方向。

在他家的门口小院子里，还是黑漆漆的。但是，当他的脚步踏进来，哗啦一下，灯光全部闪亮，一片彩色的海洋。他最好的朋友和同学，唱起生日歌，而他的爸爸则推着蛋糕出来，母亲的头上戴着可爱的小帽子。

在左边，堆满了礼物，雷洛一样一样地拆开。

欢乐的聚会结束后，只有一家三口了。父亲说："现在，请你听我来说一个故事，这是我要送给你的礼物。"

好吧，雷洛心里稍微有些失望。他本以为会是一辆漂亮的单车，或者是他梦想很久的全套海军舰艇模型。

父亲伸出手，摸了摸雷洛的耳朵，说道："你先要把镜子拿来，要两面，好么？"雷洛觉得很奇怪，但他还是按照父亲的吩咐做了。

雷洛听见，父亲深情地呼唤着妈妈的名字："亲爱的安妮，站到我们的儿子旁边来吧。"母亲安妮却有一点羞涩，她慢慢走过来。他们两个人分别站在雷洛的前后。当他们举起镜子，雷洛看见在自己的脑袋后边，贴着右边耳朵的地方，有一条比周围皮肤颜色要深的细痕。

哦，这是为什么？雷洛困惑了。

就是在16年前，一个母亲生下了一个男孩。因为生产，她筋疲力尽地昏睡了。当她醒来，要求看看自己的孩子，医生和丈夫都迟疑了。她不明白出了什么问题，用困惑的眼神看着丈夫。最终他们在她的强烈要求下，抱来孩子。

她这才发现，孩子的右边耳朵发育不齐全，只有豌豆那么大的一团肉。这可怎么办？

这个年轻的母亲难过地哭了。后来，她就不断地哀求医生，有什么办法吗？医生打电话给父亲说，现在的技术已经比较成熟，如果有人愿意捐献，我自信可以成功地为他移植一对耳郭。当然，这还需要等到他再大一些，比如3岁左右。因为，母亲的耳朵比较小，轮廓上比较适合小孩子。

雷洛隐约察觉，这个故事与他有关，与他后脑勺的那条痕迹有关。他急切地问：“那后来呢？”

爸爸继续讲述着：“这个年轻的母亲急得哭了，如果没有耳朵，以后长大了，同学们嘲笑他怎么办？甚至到了恋爱的季节，没有女孩子喜欢他怎么办？”

后来，那个母亲就把自己的耳朵移植给了孩子。这个母亲的名字，就叫作安妮。雷洛惊呆了。

这时，父亲轻轻拨开母亲安妮的头发，在漂亮的金色蓬松卷发下，赫然是光秃秃的耳洞。雷洛全明白了，他想起，长这么大，从来没有看见母亲露出右边的耳朵，原因是那只耳朵在他的身上。一直没有改变过发型，只是为了掩盖空荡荡的耳洞。

雷洛抱住了母亲安妮，他已经说不出任何话。他拥有健康的充满阳光的彩色童年，远离了充满歧视与难过的糟糕命运，皆是母亲的恩赐。

雷洛补充说，“妈妈，我永远爱你。”这应该是世界上最美丽的呼唤吧！雷洛看见母亲的眼睛里流淌出泪水。

第二天，雷洛骑着一辆崭新的单车去上学。那正是爸爸和妈妈一起送他的礼物。但是，他知道，他已经收到了一样最宝贝的礼物，那就是，他知道了自己的妈妈有多么爱自己。

多谢莉莉丝太太

也许对于陷入生活困境的人们来说，最大的善意不是来自于同情，而是来自于认同和鼓励。

春天的时候，在密歇根州一所高中留学的孔恩，来到了当地的一个公寓楼入住。左右两位邻居，友好地向孔恩打招呼。

她分别很礼貌地回答：“你们好，叫我小恩就好。”

孔恩仔细观察，这两位都是有家有孩子的太太。左手边的邻居翠珊太太打扮很精致，脸上充满了友好的微笑，正在做大扫除。右边的邻居是人高马大的莉莉丝太太，看起来很家庭主妇的样子，她习惯在每天的中午，给自己阳台里的一大丛蔷薇浇水，看见孔恩了，一边热情招手，一边给她几颗糖果。

孔恩只有 17 岁，却要漂洋过海，在异国他乡求学。不过，孔恩庆幸邻居都非常友善，在这里住下来应该很不错。

一个星期三的晚上，在图书馆做小论文太久，孔恩回来的时候，感觉肚子有一点点饿了。这个时候，做饭太麻烦，出去吃，估计小便利店都关门了。冰箱里只有泡面，但实在吃厌了，有点吃不下。孔恩准备煮牛奶麦片，一翻厨房抽屉，糟糕，忘记储备牛奶了。

孔恩先去敲了右边的邻居太太的门。结果莉莉丝太太不在，孔恩只好敲开左边翠珊太太的门：“您好，我能借一点食物吗？不知道您可有牛奶，明天我会还给您钱的，可以吗？”

“OK，没问题的！不用给我钱的。”翠珊太太露出和蔼的笑容。

“谢谢，谢谢。”当孔恩转身，还听见翠珊太太对着门后的家人感叹：“隔壁的一个中国小姑娘，很小，看起来一个人很可怜，没有家人的照顾，太可怜了。”

其实孔恩也不算小了，只不过在外国人看来，亚洲女孩子都显得很年幼。

吃着牛奶面包，孔恩心情开始黯淡了。一个人坐在房间里，甚至觉得，如此冷清寂寞。就连电视也不敢开大声，怕吵到邻居。

可是，就在昨天孔恩还是顶快乐的。去同学的家里做客，去动物园看了表演，分别的时候相互温暖地拥抱了一下，挥手拜拜。但现在孔恩坐着看了好久的电视，觉得很孤独，比往常迟了一个多小时才睡着觉。

因为思乡病，孔恩对路上的中餐馆快餐看一眼就倒了胃口。它们总是味道特别重，放很多的味精、盐和油，少有新鲜蔬菜。

一天孔恩闷闷地掏出钥匙开门，听见有人招呼她。她转身看过去，是莉莉丝太太。她问孔恩：“吃过了饭没？据说，中国人，都是这样问候的呢。”

孔恩被逗乐了，一边摇头一边回答：“还没有呢，谢谢您。您吃过了吗？”

“那么，我们一起吃顿饭吧。”

孔恩有点不好意思：“这个……”

“今天刚刚还做了芝士蛋糕，原本要和我的丈夫、女儿一起吃饭的。不过女儿牙痛，我丈夫就带孩子去看医生了，不回来吃了。”

孔恩无法拒绝这么热情的邀请。

在莉莉丝太太家里的客厅旁边，一张木桌上摆着用肉类、马铃薯和奶油做出的食物。滋味其实比较清淡，但孔恩却吃得很香。聊天中孔恩还了解到，莉莉丝太太一家人都是从波兰移民过来的。

孔恩觉得应该做点什么感谢莉莉丝太太的款待，两天后路过花店，她忽然想到，买一束鲜花表示谢意，再合适不过。孔恩捧着鲜花站到莉莉丝太太家门口。她的女儿放下手里正在练习的小提琴，走过来乖巧地接过花，甜甜地冲着孔恩笑。

坐下时，孔恩羡慕地说：“一家人在一起，多么幸福。”

莉莉丝太太笑了：“前天我还跟丈夫抱怨，你看，我的腰又粗了。看看隔壁的中国女孩子，多么青春和年轻。”

“是这样的吗？”孔恩吃惊了。

莉莉丝太太又说：“噢，是的，我很羡慕你呢，可以穿着裙子披着头发，阳光下面皮肤格外洁白。曾经，我也有过你这样自由快活的单身日子。我还听见你放的活泼的音乐，欢笑着接电话，答应和朋友们一起出游，结伴去玩。多年前，我也很爱这样玩呢！”

没错，当地最近的气温回升。同孔恩一般大的女孩都穿起裙子了。她说的快乐，孔恩都有。可是，是什么时候，孔恩开始只是不断回味叫她沮丧的事情？独自留学的苦闷，刚刚开始语言不够畅通，和不同国家来的同学们，文化背景不同，无法聊天，被孤立，功课也赶不上，食物也吃不惯，害怕和人说话……

哦，孔恩还记得，她每次和翠珊太太闲聊，都会从她那里得到同情。孔恩就会忍不住在夜晚沉甸甸地难过。

孔恩起身说再见，离开了莉莉丝太太的家，仍然若有所思。

此后，孔恩在清晨刷牙洗脸完毕去学校，出门遇到送女儿麦克斯上学回来的莉莉丝太太，她说：“又是自由快活的一天，年轻的女孩不要浪费呀。”孔恩回答：“又是充实幸福的一天，您也好好享受美好的时光呀。”

她们相视而笑。

日子这样过着，翠珊太太问候孔恩时，孔恩还是照旧冲她微笑，当翠珊太太开始旧调重弹，感叹孔恩多么可怜的时候，孔恩就说道：“啊，我的米饭要煮煳了。不好意思，我们待会再聊。”

而当孔恩周末出去玩，穿上自己最爱的衣服，遇到早起的莉莉丝太太，孔恩会微笑地问：“今天您陪同麦克斯去学琴吗？”

果然，不出意料，她听到莉莉丝太太说：“是的啊，另外，你今天穿得真是美丽。”

孔恩点头：“谢谢您的赞美，您今天也很美丽啊。”

“你可以和我的女儿麦克斯多多聊天呢，她对中文很有兴趣呢，很想去中国旅行。”

“我很乐意教麦克斯中文呢。”

相比之下，孔恩更加喜欢右边的莉莉丝太太，她享受自己的幸福生活。并且常常提醒孔恩，她有属于自己这个年纪的美好，来到新环境求学，更多时候是一件很快乐的事，可以认识新的朋友，开阔视野。

孔恩的老师有一天突然问她：“亲爱的孩子，你好像已经融入了新的学习环境了哦，你的功课也进步飞快。”

“是吗？”

“是的。你的神态和举止，都证明了这一点。也许我会在你的大学申请推荐里，给一个很好的评价，继续加油吧。”

孔恩很开心：“谢谢您。”

和孔恩要好的华人同学询问孔恩：“是有什么特别的事情，改变了你吗？”

孔恩神秘地说：“哦，因为我的隔壁住着一个人，我要多谢她，莉莉丝太太。”

给了我们机会来爱你

这是一种对爱的尊重，因为尊重，所以他们不会居高临下地施舍爱，而是获得爱别人的机会，并对此充满了感恩。

十年前，南方的一份报纸刊登了这样一则新闻：美国明尼苏达州的拉萝·里希克女士发现中国有一些女婴被遗弃。里希克的亲生父母离婚后，母亲再婚，幸运的是，她的继父对她很好。这种经历让她萌生了收养孩子的念头。

于是拉萝·里希克夫妇通过复杂而严格的收养手续，向美国收养机构支付了1.5万美元，从中国带回一个小女孩。他们给女孩子取名玛雅。

里希克本以写作为生，自从收养女儿后，她就不再工作了，所有的时间都用来照顾女儿。他们视玛雅为掌上明珠，还把收养那天定为“获得你”纪念日。每年的这一天，一家人都要到餐厅庆祝，玛雅有权选择自己喜欢的餐厅并点菜。

玛雅的人生就此改变。

此后一天，里希克的丈夫迈克在家里看着入睡的玛雅发呆。他忽然想到：如果我们没有收养她，她的命运会怎样？如果我们自己生一个孩子，就会有一个孩子失去被收养的机会。

于是，这对夫妇私下商量，决定放弃自己生育孩子的念头，再收养一个女孩。2003年11月，里希克夫妇带着4岁的女儿玛雅再次来到中国广州，收养了被遗弃在一家超市门口的女婴——八个半月的爱芮亚。

这个故事如此美好，我本以为到此为止，但是没有。

对收养的孩子，要不要告诉她们真相呢？

里希克夫妇没有回避这个事实，他们对玛雅解释："你的父母不是不爱你，只是当时无法给你足够的爱，而恰好我们能够。所以，他们就给了我们这个宝贵的机会来爱你。"

里希克夫妇的意思是，他们不是居高临下地施舍爱，而是获得爱两个小女孩的机会，并对此充满了感恩。他们把这种感恩表达出来，让小玛雅懂得拥有爱是最重要的。

我相信他们的两个宝贝女儿，在温暖的爱中，可以放下对亲生父母的怨恨，少了被遗弃的自卑与挫折感。有了爱和谅解，她们将会心灵健康地成长，拥有更光明的人生。

妈妈走开一会儿

当你的爱对他来说已经是一种习惯，那么这种习惯就会变得理所当然。这时候不如走开一会儿，或许失去才能让人懂得珍惜，才能体会到弥足珍贵。

妈妈简直拿自己的儿子、女儿没有任何办法。

他们永远对她的劳动不屑一顾，这表现在行动上，妈妈总是要跟在儿子的屁股后面，不停地收拾。这个时候女儿则会不停叫着：妈妈，我的辫子散了，给我把它绑起来吧！妈妈，我想吃你烤的巧克力蛋糕……

当妈妈给儿子送雨伞的时候，儿子正在足球场上玩得疯狂。他才不在乎这点雨，因此他不耐烦地说：妈妈你回去吧！真是一个啰唆的妈妈。这让妈妈难过了，她如此爱他们，却一点不被珍惜。妈妈终于想出一个方法。

那个周末，妈妈只留下了一张字条就离开了。字条上说，外公病了，需要她去照顾。所以，也许三天，也许一个星期，希望两位宝贝儿能够好好照料自己，并且过得快乐。

第一天，兄妹两人尽情地打闹，把房间搞得天翻地覆。没错，什么都不用担心。零食准备很丰富，冰箱也是满满的。可以自由地看电视打游戏，并且出去玩耍，没人管着。直到臭袜子爬满了窗台，洗衣机则被脏衣服塞得张大了口，盛过食物的餐具，在水池里泡得变色，床单不再给他们温暖洁白的怀抱。儿子开始恐惧了。女儿已经看见她最爱的零食，像是看见魔鬼。而且赶着上课的时候，她得自己绑好辫子，因此她迟到了三次，被老师批评了一顿。小脸上全是沮丧的表情。

不到一个星期，门铃就响起。妈妈已经站在门口，被两个小家伙紧紧抱住，亲爱的妈妈终于回来了。妈妈的形象，从啰唆的妈妈，转变为伟大的妈妈。两个小家伙在妈妈为他们做了以前同样的照顾时，不再抱怨，而是多了几个字：谢谢你，妈妈。

答案就是这样的简单。长久地宠爱一个人，他就会忘却你的宠爱是那样的珍贵，即使你是他们最为亲爱的人。那么，暂时出走一会儿，再回来，一切都会不同。短暂的离开，让人体会一下失去，会更懂得珍惜。

全世界最熟悉的号码

全世界最安心的地方，恰恰是那个总是被我忽视，被我认为是牢笼的地方。当我冲破牢笼才发现，原来渐行渐远的只是距离，而这种安心感一直长长久久地在我的身边，保护着我。

这里讲述一个少女的故事，同样来自我曾经值班过的心理热线。

1

我叫安心。每天早上，从我走出家的那一步开始计算，我就是另外一个女孩了。背后的父亲和母亲，仍然一如往常的，在说着一天要做的要解决的事情。比如母亲要卖多少钱的菜，父亲的单位要评职称了。

七点半，我安静地起床，刷牙、漱口、叠好衣服，收拾整齐我的房间。最后检查了一遍，清洁、干净，在空气清新剂的作用下，有着一种好闻的芬芳。我打扮好自己，和他们说，我去学校了。我低着头，默然地离开，习惯性地轻轻地带上房门。这是他们多年对我的礼仪教养的结果。他们，对此一直相当地满意。感觉在车上的时间很漫长。

2

我回到了学校。爬上四楼，回到我的420寝室。同一个寝室的女孩们聚集在另外一边，远远地。我开着电脑，玩着CS，大着嗓子说粗话。还没有抽完的烟头，在易拉罐做的简易烟灰缸子里，冒着刺鼻的烟。烟头很快熄灭了，空气里弥漫着混乱的味道。

电话响了。“啊，是程伟。怎么样啊！在哪里见面？今天打算带我上哪爽？”我大咧咧地问。程伟今天满嚣张，搞到了本地最豪华的娱乐场所的两张票。我刺激得全身颤动，也哈哈得意地笑：“妈的，你小子行啊！我没找错男人。”我感觉骨子里有一种不可遏止的兴奋。“什么时候，几点？”

“晚上八点，玩到明天早上都行。”程伟说。晚上八点出门，我在面前的一本书里撕了一页纸，狠狠地划上一笔，我瞟了一眼。好像是我的教材书。笔迹龙飞凤舞。

3

父亲是大学的教师，母亲也是。他们在同一所大学的不同院系。一个是教授，一个副教授。我在另外一所附近的名牌大学。这个城市有许多的大学。

我每个周末，星期六和星期天必然要老实地回家。接受他们和风细雨的熏陶和教育。他们都是好老师，学生和其他老师都承认的好老师。温和、认真，有时候有些固执，异常地严肃。来了客人，我积极端茶递水，乖巧可爱。他们非常满意。我觉得自己很像一个小说里的主角，内心无比腻烦，却偏偏做出好模样来。

在他们的清高之下，内心充满了对更加上层次的生活的渴望。我叫安心。“安心读书、安心学习，先不要交男朋友，你还小。父亲母亲是要严格把关的。但我们绝对不反对你的自由恋爱。”上个星期，在我20岁生日的小宴会上，他这样对我说。“我们给你取的名字，就是这个意思。”生日蛋糕上的20根蜡烛燃烧着。

我点头，努力微笑。

4

上午是两节政治经济学的课。第一节我和几个女孩懒洋洋地走到教室，她们忙着准备笔记，用工整清秀的字迹，写下“第十一章，第三小节”。我内心暗笑，她们这样迂腐。其实考试不过就那么一回事情。复印一下她们的笔记，猛背背也就过了，我对自己的聪明有信心。台上的教师中途老样子点名了，我答到完了后，趴在倒数第四排，谁也看不清楚的地方，睡了下半节。第二节课，我拖着书包溜出去。之间的几分钟时间，我涂了一下口红，打点了脸蛋。我知道，我算美女。美女是大学里的稀有动物，而有性格的美女，在一所大学，更加少。

在学校图书馆后门，他等着我。刚才已经发了几条短信了。“高小亮，你妈的可别带少了钱！”高小亮邪气地笑。

“够着呢！”他拍拍阿迪达斯的包包的口袋。高小亮是本地的高干，家里确实有钱。但我从来没喜欢过他。除了程伟不在的时候，我会想起他。

我们上了76路公共汽车，我习惯地在他兜里掏烟。他把我的手打下去，自己点了一根熊猫骄子，吞了两口，再递到我嘴上。我贪婪地吸一大口，闭上眼睛，缓慢地吐出来。高小亮搂着我的肩膀，很是亲热。我们打算去逛一家新专卖店。

我看看表，赶得及晚上见程伟。第二天是星期二，上午没课。我玩累了，程伟打了个电话过来，“明天干啥？”“明天的事明天再说。”我啪地挂了电话。也不洗澡，就在寝室倒床大睡。

星期三，我去了一所理工大学。那里，有我喜欢的男孩。对他，我才确实用了喜欢。

5

星期五下午没课。我认真地洗澡，干干净净。刷牙，嚼上一片绿箭口香糖，把有些长的头发认真地盘好。裙子很整齐，照了照镜子，里面是一个清秀而雅洁的女孩，只是眼神倦怠。

家门口，我按了门铃。忘记带钥匙了？女孩子应该细心些。母亲口气温和。“嗯”，我答应着。从小到大，我知道他们很相信我，从来没到我寝室。我成绩总是系里面前五名。把其他荣誉、奖学金获得情况，一一汇报。看上去一切都好。

幼儿园时，“安心，把裙子拉好，女孩子怎么能够裙子乱七八糟。”我嬉皮笑脸，纠缠不休。

小学，“安心，作业做完了没。作业本边角要弄好，字要写好，那是一个人的门面。吃饭记得不要张嘴，闭着嘴巴咀嚼，慢慢吃不出声，要斯文。衣服穿整齐没有？”我置之不理。

中学，“安心，牛奶喝了吗？在家听听音乐也好。少和那些男孩子出门疯了。”

高中，“报考大学，安心读什么专业好？”他们商议了许久。最后我学了新闻，而不是法律。大学，我终于烦了。我说了，学校要求家住五十公里以外的学生都到学校住读。我们家距离比较远。大学，我自由了一半。

6

两年过去了，我大学毕业。我最想的，是到外地城市工作。

今天是2003年的8月10号。父亲今天破天荒，没给我上“政治课”。母亲说：“今天和我睡觉吧。有几句母女的私房话要说说。你愿意吗？”她眼神当中是期待和爱怜。

“是关于工作吗？我要去南方，你们让我自己去找。我想自力更生，行不行，你们别什么都包办。”

“你这孩子……”母亲叹了口气。忽然眼睛潮湿了。我感觉一阵莫名其妙的难受。

我低着头，含着泪，转身回到自己的房间。

7

上了去深圳的火车，我彻底自由了吗？我在我的口袋里找一支笔，翻出了一封长信。

安心：

这是你第一次出远门。本来有许多话要说。但是想到你听了那么多年，想必也不想再听了。你爸爸是男人，很多事情不好说。妈是女人，也许更加适合跟你说一些事情。这封信，就由妈妈来执笔了。

小的时候，你那么皮，就是一个野蛮的小子。我们希望你像个真正的淑女。虽然我们也知道，女孩子坚强泼辣，也不是不好。但是你性格里，那种无所畏惧自由散漫，我们一点点看着。

我们担心你。一个女孩子，有她的生活轨道。我们希望你按部就班一切都好。虽然事情不会完美的按我们的想法发展。但是，这个社会总是倾向，不适宜你那样的性格。没有哪个家长希望孩子受苦。你知道吗？一个女儿，远比男孩更让我们担心。

一个母亲是怎样担心，你应该无法太多了解，也许以后你会明白。一直到大学，你才装出乖女孩的样子。每个人都有一个叛逆的时期。你却天性倔强，外柔内刚。我想，我们都是非常了解你的性格。

你聪明，但是不够稳重。你抽烟、喝酒，甚至交了不止一个男朋友。其实我们都看在眼里。却无奈，我们知道，你内心其实不安心。小时候，你因为一个玩具，和你爸爸冷战了一个月。越是要求和训斥，可能走得越远。

至此，你学得有点应付爸爸和妈妈了。但因此，我们也知道，你心里还是顾及我和你爸爸的感受。

我们始终坚持，应该平心静气地教育你。但也许，这也是你觉得没意思的方式。男孩子打电话到家里找你，我们接到了，假装说打错了。我们就当是打错了，不在你面前提。但是一个女孩子，爱情是这样的重要和影响巨大，妈妈有经验。珍惜爱护自己，对于一个女孩子，应该是非常重要的，你说呢？男孩子能够容忍和喜欢一个浮躁的女孩，一个真正的男人呢？

我们知道你的想法，你喜欢自由，不喜欢拘束。我和你爸爸商量了，替你联系了深圳的一个工作。你是否愿意过去，由你自己决定。如果你实在找不到合心的，我们有几个可靠的老朋友，你可以去找那些叔叔阿姨。在这封信的后面，我和你爸把具体地址都写了。

另外，注意安全。到了南方，记得打电话回来。

你已经真正长大了，我们再不可能像以前那样管着你了。再不说什么了，最后就只有一句话，你自己开心就好。

就此搁笔。

爸爸和妈妈

8

下午上的车，晚上9点，我终于看完了信。

我慢慢地、仔细地将信折叠好，放到衣服夹层的口袋里。手指有点发抖，掏出手机。一种液体掉下来，在手机屏幕上，化出模糊的颜色。我按下数字键……它对应着一串号码，全世界我记得最熟悉的号码。

抱着孩子上学堂

如果有人问我，母亲的爱有多重？这一刻，我能够给出一个小小的答案：请用十七年乘以三百六十五天，再乘以不断增加的体重。

是很偶然的一次，看见电视里的某新闻节目。镜头当中，一个大男孩，由他的母亲背着。那母亲在楼梯的拐弯口，蹒跚前行，往一个教室的方向。看着看着，不由得十分恼火。莫非现在还有这样的纨绔子弟？莫非是批判现实的新闻？仔细看下去。不是的，我看错了。

在十七年前，那个男孩，出生没多久，就被确诊患有先天性腰椎畸形，此后他的腰部以下毫无知觉，大小便失禁。

患病的孩子，对于一个并不富裕的家庭来说，无疑是晴天的霹雳。可他的母亲并没有被击垮，对孩子的爱支撑着她一路走来。在男孩9岁那年，母亲准备让他和普通孩子一样去学校读书。为了照顾孩子，早已下岗在家的母亲，每天到学校陪着他上学。

孩子在课堂内听讲，她的母亲就找来一张小凳子，坐在教室门外静静地守候。为了让儿子能方便如厕，在教室门口，特意为儿子准备了一个痰盂。趁着学生们都在上课的时候，她就会抱起孩子在楼道里“方便”。

八年如一日，母亲抱着自己的儿子上学堂。

日复一日，母亲抱着他从家到学校，从学校到家。八年里，男孩一年年长大，她也感觉自己怀中的孩子越来越重了。现在为了省点力，母亲会让他坐在自行车上，慢慢将他推回家。

这样的母爱，伟大又沉重。累积起来，是那母亲瘦小身体的多少倍？再不需要问，她的孩子心里是什么样的想法了。那亲情必定已经在孩子的心中，从一颗极小的种子，成长为坚固如磐石的大树。

一百多斤重的小大人了，每天这样抱上抱下不累吗？去采访的记者忍不住向那个母亲提问，母亲就笑：我抱的可是自己的孩子呀，怎么会觉得累呢？

在节目的最后，电视里的两个主人公，微笑着对话，充满家常的感觉，平静得如一湖碧绿的水，而我已经泪流满面。也不必去问那个男孩，你会怎么报答你的母亲，他的心里，那个信念一定重复了千万次，他也一定有他自己的盘算。

但我记住了那个平凡而充满力量的名字，爱，给了一个母亲力量，也给了她的孩子继续读书上学的力量。

如果有人问我，母亲的爱有多重？这一刻，我能够给出一个小小的答案：请用十七年乘以三百六十五天，再乘以不断增加的体重。

她只是一个最普通的中国母亲。但这个母亲，却用时间与行动，酝酿出最不普通的动人亲情。

榛子的壳

当我们用各种的理由借口遮掩着我们的爱时，你是否知道，你可能会被误解你不是在爱？

所以，请一定要让人明白你的爱，把里面的真心拿出来。不管你的爱被什么样的壳包裹着。

有一个小男孩，总是很难过。因为一回家啊，他的自由散漫，常常把家里弄得乱七八糟。母亲总是不断地批评。

他的成绩总是阴晴不定，有的时候非常好，有的时候又非常差。最要命的是，不管是好还是坏，他都没表现出积极的样子，这样，他也总是被妈妈批评。

好的时候，母亲就要求他再接再厉，别那么容易就满足，不要做一只井底之蛙。差的时候就不多说了，自然是更加严厉的批评和要求。

从小学一直到初中，他一直在几公里外的学校读书。母亲也就“啰唆”了他这么多年。后来到了高中，他开始了借宿的读书岁月。

周末回家的训话，成为必修的功课。小大人一样的他，再也不像小时候表现出满心委屈，只是变得默然了，你说吧，随便你怎么说。

但是，一个星期天他回家，母亲和一个朋友在聊天，谈到了他。他路过客厅的时候悄悄躲起来。他想知道他们在说什么。这一听使他大吃一惊，那整整一个小时的聊天，说的都是表扬他的话。

母亲从没对他说过的赞美，在一个小时却重复了十几遍——我的小孩从小纯良温和，大人放在桌子上的钱，一般的小孩早拿去买零食了，他却是瞧也不瞧上一眼；小小年纪就特别懂事，6岁那年，我不开心时，他居然会安慰我；每次考试成绩不好我们骂他之后，他毫无怨言地回到房间认真学习……

男孩的眼泪就那么掉下来了。那些话，母亲从来没当着他的面讲。那一刹那他仿佛真正长大了。第一次听见母亲由衷的表扬，他的心里升起腾腾的喜悦和自豪。

只是他始终在心里有小小的遗憾。如果我早一点明白，不更好吗？为什么你如此地爱我，却不让我知道呢？

当我们用各种的理由借口遮掩着我们的爱时，你是否知道，你可能会被误解你不是在爱？

就像榛子的壳，隐藏着无比美味的果仁。去掉壳，才能让人品尝到香甜滋味。

所以，请一定要让人明白你的爱，把里面的真心拿出来。不管你的爱被什么样的壳包裹着。

十二岁的生日礼物

爱要走的时候，我们得学会挽留。而挽留的办法，仍然应该是蕴藏着美好回忆细节的爱。

仲夏来临，天气变得炎热，11 岁的米勒有一点点的忧伤。夏天夜晚，院子里的萤火虫飘过米勒的窗外，他的桌子上堆满了水彩颜料，还有许多裁剪得整整齐齐的纸。最近一段时间，妈妈妮娜没有来管他睡觉的时间了，爸爸乔安也没有过问他的行为。所以他能够在半夜，偷偷打开台灯，温柔的米黄灯光下，他握着画笔，陷入了回忆。

画着画着，米勒就趴着睡了。他要把这个属于他的重要工程，在 7 月 30 日之前完成，那天是他生日。然后，亲自送给他的绘画女教师加莉。距离生日那天，只有 1 个星期了。

第二天，女教师加莉在家里喝着玫瑰花茶，读着一本小说。忽然接到了一个电话，是学生米勒打来的。现在已经是暑假了，她有点意外。

“加莉老师，我是你班上的米勒，我可以到你家里拜访吗？我想把我的一本画册送给你。”

“好的啊，欢迎你。”

在她印象当中，米勒是个喜欢低头微笑的男孩子。平时米勒在她的绘画班上，表现并不出色，也不算特别活泼积极。为什么要送一本画册给她看呢？加莉困惑了。

没有过多久，加莉听见了敲门声。她打开门，米勒有点羞涩地向她问好。加莉带着米勒坐到客厅里，她已经准备好了一杯红茶，从冰箱里拿出一份巧克力蛋糕。

米勒却没有去碰蛋糕和红茶，只是恭敬地把画册放下。然后就提出要离开，还跟加莉致谢，说再见。加莉只好把他送出门，叮嘱他回家路上要小心。

她不得不承认，那是一本绘得很稚气的画册。可是，一幅一幅场景，都弥漫出美好家庭生活的愉悦气息。每个画页右边最下角，都标记上了时间，表示那个画面发生在哪年哪月。

第一页，是一个皮肤粉红的婴儿躺在摇篮里，旁边是两张喜悦的笑脸。那应该是代表着他和爸爸妈妈。

翻过来，是一个学走路的小孩子，旁边蹲着的，是穿裙子的女人，以及穿衬衣的男人。册子中间，还有许多动人的画面。7 岁的时候女人陪伴着他坐旋转木马，9 岁时，全家在海边沙滩晒太阳……

画册的全部内容，不正是米勒从小到大的生活吗？只是在最后几页，是一些大大小小的，零碎裂痕的心型。

加莉陷入了沉思。刚才她还观察到，这个小男孩的眼神里有一些忧郁。

两天后，终于想明白了的加莉，亲自打电话给米勒的父亲乔安，说是想要拜访一下他和他的妻子。乔安感觉很意外，不过出于礼貌，他还是表示欢迎。

他告诉妻子妮娜，明天米勒的老师要登门做客，希望她给予配合，那一天不要僵硬着面孔，也不要与他吵架。

第二天的黄昏，加莉老师按时上门。她说："其实，我今天来，是有一件礼物要转送给你们，请你们一定不要拒绝。"

愕然的乔安夫妇，接过礼物盒子。他们还挽留加莉老师吃过晚餐再走，可是加莉只是微笑着摇头说："米勒最近似乎不大快乐，我不知道是不是和你们有关系呢？这个礼物其实是米勒交给我的。我猜测，他是希望我做一个使者转交给你们。这样也许会引起你们的重视。"

加莉离开后，礼物盒子被打开，房间里，乔安惊呆了，妮娜也惊呆了。里面是一本画册，做得就像一本真正的图书一样。封面书名："我有一个幸福的家"。他们一起翻开册子……过去的美丽记忆，被唤醒。外面的天空黑下来，他们忘记了吃晚餐。这样的夏天夜晚，萤火虫又飞出来。风轻微地吹着窗帘，妮娜流泪了，她偷偷看一眼丈夫，发现他眼睛里也有泪光。

是的，不知道什么时候开始，他们的婚姻出现了许多的小裂痕。像是乔安被指责不应该换工作，导致收入降低。像是妮娜被认定不是一个称职的母亲，儿子米勒关在房间里不出来，总是沉默，不和自己的妈妈好好说话了。他们不知道，这一切深深伤了米勒的心。

虽然他们以为已经把米勒"骗"进了卧室，也关上了门。可是，他们没有想到，孩子的心是无比敏感的，早就觉察到过去温暖快乐的家里，出现了眼泪和争吵。

当他们在自己卧室里摔破结婚相框时候，躲避在房间外面的米勒，把耳朵紧紧地贴在门上，全部听见了。

他们不知道，男孩米勒有多伤心。他曾经拥有最幸福的家，拥有温柔爱笑会每天给他做小甜饼的妈妈，拥有一个每年暑假都会带他去海边冲浪的爸爸。现在，这两个天使一样的人不见了。

他们只顾冲着对方发脾气，指责对方的不对，他们脑袋里只想着对方已经不爱自己了，不如离婚。早已经忘记了，7 月 30 日那一天，是儿子的生日。

接下来的两天，夫妇两人一起去看家庭婚姻方面的心理医生，他们不想离婚了。心理医生听完他们的故事，惊讶了。男孩米勒也许不懂心理学家的大道理，可是他的行为却完全符合心理专家的专业做法。

爱要走的时候，我们得学会挽留。而挽留的办法，仍然应该是蕴藏着美好回忆细节的爱。争吵、冷战、敌视、彼此伤害和报复都是没有效果的，不仅无法挽留，而且还会加速爱的离开。

心理医生的惊叹，使妮娜和乔安的面孔上，都浮现出一丝羞愧的神情。孩子都比他们更加懂得爱。

当妮娜和亲爱的丈夫回到家里，一起走进卧室，他们看见 12 岁的米勒已经安静地睡着了。在他的小脸上，还有着笑容。因为今天加莉老师登门，他也看见了。

妮娜半边身子靠在丈夫怀抱里，她轻轻地把一本画册放在米勒的桌子上。还是那本笔调幼稚，几乎没有技巧的手工水彩画册。只不过，在扉页上他们加了一句话：爸爸和妈妈永远爱你，我们一家人会幸福快乐地在一起，不会分开。

这，是米勒今年生日最渴望的礼物。

亲爱的小孩

有一种母爱，是为了她的孩子能够翅膀更加硬朗，能够飞得更远更高而选择放手。那是一种更加悠远而深沉的母爱。

还记得当年毕业后，第一次回家的时候，大家一起围着大桌子坐下，我积蓄了许久的问题全部冒出来。问题是对老妈问的。

老妈，大学一年级开学的时候，都是你帮我买齐全部的日常生活用品，让我打包带上，现在怎么这么懒惰了？都不帮我买了。

老妈，我以前过节不回来，你总是要给我邮寄饺子啊、月饼啊、衣服啊什么的，为什么现在却没有了？为什么连电话都少了，从以前的一周一次，到每月一次，最后是一学期才打两次电话，一个是我刚到学校的，一个是回家前的。

…………

我一句一句地质问，理直气壮，还带着抱怨。

老妈抬头一笑，问道：那，离开了老妈，一个人生活，过得下去么？过得还好么？

我一下子又得意了起来：当然过得下去，而且过得还很不错。

我现在所有的事情都自己做，不再遇到事情就急，一出问题就找人帮忙了。我的文章发表很多，拿了许多稿费当零用钱，再不用向家里要钱了。我胆子现在特大，找工作的时候一个人找到用人单位，一个人出来闯荡呀！对，就跟电视里一样，独闯江湖……越说越得意。

老妈看着我笑，一句话也不说。笑完了，又怔怔地看着我，无比怜爱。

我的话戛然而止，我忽然说不下去了，我感觉自己心里一酸。

想了许久都没有答案的问题，我在一刹那明白了。

无数个为什么，原来都只有一个答案。

这是一个母亲对自己孩子的一份真正的爱。

她要用多少个日夜，才能够收藏起自己的思念，才能够锻炼出自己的淡然，才能够不去天天打电话给孩子，也才能够让儿子独立，从而不让孩子仍然依赖着她，仍然长不大，才能够让自己，不再用母爱去束缚住孩子的翅膀。

那么多年，在她的膝下的那个乖顺的小孩子，是怎样长大的？又是怎样学会坚强与自立？并且学会一个人去走人生的路，再也无所畏惧？而她自己，是怎么习惯小孩离开自己四年的不适应，以及从此以后孩子志在四方、一去更加遥远的离别？在很多父亲母亲是相反做法的时候——把孩子圈在身边，隔着千万里仍然像孩子没长大一样照顾着，让孩子日渐失去活泼的成长机会。那种带着些微自私的亲情，让多少的孩子虽然有翅膀，却总是无法去海阔天空地飞。

我爱我的母亲，感谢她为我所做的伟大的放手。而这一切，只是为了她的孩子，能够翅膀更加硬朗，能够飞得更远更高。那是一种更加悠远而深沉的母爱。

一个城市的温度

谁的老爸没有一双世界上最敏锐的耳朵。自己的孩子在什么地方，那个地方的温度，他们必定是最精确掌握的人。就算他看不见，他也可以听得出来。

老爸从广州打电话来。天气预报，你这边的天气要降到多少度，某某寒流马上要到了。

他问："衣服穿够了没有？"

太习惯他的斩钉截铁的问题，当然也就习惯地，用老套路来敷衍掉。

"够了，我穿了好多的衣服。"

"这就好，一有大的温差变化，就多穿点衣服。是你妈妈要我叮嘱你的。"

我有点烦了，唠叨的老妈，连带老爸也唠叨了。就抗拒地回答："有，当然有。我又不是小孩了。当然记得要多穿衣服。"把手机放在口袋里，去赶公交车。

事实上，我确实是没有穿够衣服，丢三落四马虎惯了。

我在公交车上，风一吹立刻有点头晕，涨涨的，鼻子开始堵塞。手机再次响了，“喂”，讲话的时候，我鼻子的声音立刻传了过去。那么的细微，还是被察觉了。

“你看，不听话，没加够衣服。还跟小时候一样，听不进去。”

我还在狡辩：“鼻炎又犯了！所以鼻子有鼻音，不是感冒！”

“晚上给我回个电话，做好保暖，不要偷工减料。”

我忍不住笑了，老爸说话，活活就是当年做小领导的口气，命令似的，不容违抗。

我无奈地答应着。

关上手机的时候，确实有点着凉，我忍不住打了个哆嗦，一个喷嚏。

老爸啊，谁的老爸没有一双世界上最敏锐的耳朵。自己的孩子在什么地方，那个地方的温度，他们必定是最精确掌握的人。就算他看不见，他也可以听得出来。

两手准备

母爱，不仅仅来自于对失败的包容，更多的是她能接受每一种模样的孩子，无论是成功的喜悦，还是失败的颓丧，她总有办法让孩子的心变得温暖而坚定，这就是母爱的力量。

13 岁那一年，我要去参加学校的朗诵比赛。其他的选手都很优秀，这次比赛非常重要，因为在本学校最后的胜利者——前三名，将有机会参加市里的学生比赛。

我做了最多的准备。因为我比所有的选手提前一个月开始准备，那个时候他们才刚刚听到消息。我是在报纸上看见了比赛细则的。我亲爱的母亲，当然，百分之百地支持我。

为了配合我的练习，她专门买了一对小耳塞，因为只有在早晨的时候大声背诵出那些语句，才最有感觉。这样她就不至于被吵到了。遗憾的是，她只用上少数的几次。多数时候，当我站在窗前，看着外面的阳光灿烂地映红其他孩子的面庞，也看见阳光温暖地照红了母亲的面孔。她已经早早等在那里，仿佛在欣赏着最优秀的朗诵家。我的排练“功课”完毕，就可以立刻吃她提前准备好的早餐。

比赛那天终于临近了，我开始烦躁和紧张。是啊，我太渴望去参加市里的大比赛了。也渴望着站在台上，对着评委和观众微笑。也许我就是有那么一点旺盛的虚荣心吧。

吃完夹着蔬菜煎鸡蛋的面包，以及一点葡萄。我照了照镜子，出门了。母亲帮我整理了一下衣服，然后说：记得晚上回来，妈妈最拿手的板栗烧仔鸡，香喷喷的等着你凯旋哦！

她的话，让我精神抖擞。我充满信心地点头，冲她挥手再见，出门了。我一定要胜利啊，我不能够让爱我的妈妈失望。

一天的时间飞快地过去。

黄昏的时候，我步子有点蹒跚地走到家门口，眼眶里含着一点潮湿。妈妈开门看见我的时候愣了一下。然后她让我等一下，她迅速地去厨房把菜都端出来。过了一会儿，她将我轻轻推到餐桌前，呵，是再丰盛不过的晚餐了。妈妈说，你先开动吧，我去厨房盛饭。

我看见在我的位子上，放着一枚精致的巧克力糖果。那是当时很昂贵的牌子。巧克力糖果的下面躺着一张字条：别难过，明年你一定会成功的。

当我拿开糖果，纸滑落地上了，打了几个转。我拾起来，惊讶了。我发现背面也有一句话：妈妈知道你一定会赢得比赛。让我们开开心心地庆祝吧！

其实我赢得了第三名，有机会参加后面的比赛。我只是在回家路上，因为太高兴不小心被撞到了手臂。所以我看上去有点难过的样子，只是破了点皮，不严重。可是，妈妈的心意我全明白了。

无论我赢得了比赛还是失败了，妈妈永远是最爱我的人，最支持我和鼓励我的人。

妈妈将白米饭盛出来，我解释给她事情的真实情况。她有点不好意思地笑了。我笑了，使劲吃着米饭，看见自己有眼泪掉进碗里。

晚风吹起蒲公英

作为一个孩子，此生他唯一能够给母亲的最大的报答：就是不要再让她牵肠挂肚了。就像蒲公英被晚风轻轻地吹起，每一株蒲公英都希望飘落天涯的种子，过得都好！

二十多年前的一个小城，他出生，团团可爱。所有人祝贺。第三天，母亲爱怜地抱着他，从头看到脚，无限疼爱。但是，当她看见他的右脚时，额头开始冒出冷汗。婴儿的脚掌居然彻底地像上弯曲着。母亲又急又痛。怎么办？问医生，医生束手无策。

她一个念头冒出来，坚定地再也无法更改。刚刚出世的小孩子骨头还没有定型，一定可以恢复正常。

他出生的时间是盛夏，中国中部地区的温度始终在38度以上。人不动就那么坐着都大汗淋漓。卧床休养的每一天里，她顺着小孩的脚背，一下又一下抚摩。不能够太轻，太轻就没有作用；不能够太重，太重会弄疼，甚至弄伤婴儿。闷热难以忍受，婴儿不停哭，她不得安息。连休息都是半睡半醒。而生产后的母亲是那样的虚弱，父亲在外地工作，请的假期一完就要回岗。想象不出，她带着多么大的心痛和焦虑，多么漫长的折磨和耐心。一个多月后，居然有了效果，原本完全贴着小腿的脚背，逐渐脱离开，她欣喜若狂，却哭了。又一个月后，婴孩的脚掌正常得谁也看不出，曾经的畸形。没有人数得清楚，她用了多少次的抚摩，才让一个本是蹒跚一辈子的孩子，今天能够一步一步，安稳如磐石地走。那，恐怕是一个天文数字。

这个故事从木讷老实的父亲口中讲出来，比什么都精确。他听了久久无语，心下暗暗发誓。

中学时候，大雨下得最厉害的时候，天是黑的，雷声轰隆吓人，忽明忽暗的。他在放学的第一时间，抬头看见母亲带着伞站在教室外面。雨是那样的大，温度那样低，他们深一脚浅一脚地往家赶。到家的时候，收起伞，他分明看到，母亲的肩膀半边全打湿了。而他却仅仅湿了双脚而已。

大学的一个冬天，他偶然拿到一笔稿费。于是在寒假回家前，提前买了一件白毛衣送给母亲，到邮局打包寄回去。等到他回家，母亲毛衣已经穿上，但似乎单薄了，晚上就感冒了。那毛衣太小，其实塞不下微胖的母亲，穿了毛衣便穿不了别的。那外面为什么不穿点别的？他很是不理解了。母亲稍微惊讶了，然后些微尴尬地脸红了。

清理杂物的时候，发现保存得好好的包裹盒子，那里面分明是他写的家书，仔细看下来，其中一句说：妈，你穿着这个显得年轻，可别再套上别的衣服了。回来我要看看怎么样。

他难过了，“我没买好，你换以前的那件厚的吧！”他给母亲的，原来恰如糖精，即使不是存心地偷工减料，也有点贪图方便，并非自以为的那么体贴孝顺。但就那么一点带苦的甜，她却也能够回味无数时间。

毕业不久，在外地城市工作以后，他便常常和朋友出去玩。节目的内容无非是吃饭、K歌、喝酒，然后在摇晃着和迷糊中，打的士回来，那时候，已经是凌晨。

那一次习惯的，他仍然凌晨回到小窝。才靠近门口，就听到电话剧烈地响着，他仍然迷糊着拿起听筒："喂，谁啊，这么晚还……哦，是妈啊！什么事情？"

但电话那边，起初的呼吸极其急促，万分惶恐的样子，"才回来吗？""是啊！"……渐渐，呼吸平顺了，"没事，就是问问你最近情况。好久没打电话回来了，记挂着。"

睡意蒙眬之中，迷糊地一问一答，他说："哦，我知道了。我很好，不要担心。"他太疲倦了，很快说了晚安，挂了电话入睡了。只是记得最后一句，是"记得关好窗户盖好被子"。

第二天一大早，房东问他，昨天你家里是不是有什么急事找你？十点钟响了几遍电话，没人接。从十一点一直到凌晨一点半，一直就响个不停。一点半过后，才不响了。

早上的阳光温煦和缓，一点也不刺眼。阳光打在他的脸上，他的眼泪却忍不住掉下来。在凌晨一点半过后，恰是他挂了电话的时间。在没有接到电话的时间里，他的母亲，心都提到了嗓子眼，那份忐忑不安，他完全能够想象到。即使隔着千里和万里，母亲打来的电话铃声，也响彻他灵魂的上空。那么多年前的往事，母亲照顾他的，一件一件清晰出现在眼前。

从此，他要么再不超过12点回家，要么超过了，长途电话打回去，预先报告一下。他明白的是，作为一个孩子，此生他唯一能够给母亲的最大的报答：就是不要再让她牵肠挂肚了。就像蒲公英被晚风轻轻地吹起，每一株蒲公英都希望飘落天涯的种子，过得都好！

第五章

你若美好，世界便好

我们这个人世间，只要有一份善意，就会有一份冰雪的融化，

只要有爱的传递，就会有责怨的消减。

你若美好，世界便会美好一点。

温暖永远在背后

父爱，或许是这样一种爱。

它很温暖，但不喜欢显山露水，永远在你的背后弥漫开来。

父爱，是这样一种爱。它很温暖，永远在你的背后弥漫开来。

那是很小的时候，冬天，肠炎来犯。一晚上煎熬，严重脱水。

第二天早上，天蒙蒙亮，老爸骑着那辆单车，我在后座上，裹得严实，慢慢悠悠到中心医院。母亲怀我的时候营养不良，于是我落下体弱的毛病。我自己都厌烦了自己三天两头犯病。

食物不干净的缘故，医生冰冷地说。

于是安排好，消炎的、补充能量的、补充水分的，整整两大瓶点滴。看见就叫人发冷。精神很差，也懒得说话，药水一点一滴经过手背的血脉，走遍全身，手都冻肿了，全身被一股子寒气罩着。

在医院的病床上昏沉沉地睡觉。

老爸出去买盒饭了，一刹那我有点恐慌。

老爸带回来的食物很香，但我只吃了几口，真的是没胃口。还是睡觉养神吧！下午，又是两瓶子。

换药什么的，都有老爸照顾着。我安心地昏昏迷糊着，意识也模糊了。

似乎做梦了。觉得身体渐渐温暖，就好像抱着热水袋，在被窝里，很惬意地等待入睡。

可是，我是在冰冷的医院。医院浸过消毒药水的棉被，散发着刺鼻的味道。我半盖着被子，脑袋里意识却很是繁多，我会不会又感冒？现在我是在冰冷的医院，输着冰冷的药水，怎么会感觉身体在发热。

醒来的时候，一个护士来换药水。可以确定，我是精神在复苏，发热也不像是感冒的发热。而是很舒服，恢复正常的感觉。

一大瓶子点滴，老爸在输液之前，把药水在热水里温热。一向木讷的老爸居然如此细心！

冬天，冰冷的药水平白进入身体，本来病着就虚弱，怎么受得了。换成温热的药水就没那么难过了。

两瓶子消炎水混合着葡萄糖，带着温暖，流遍全身。

晚上恢复得差不多，老爸奔波在医院的各个部门，开了药丸带回去巩固效果。

路灯亮起的时候，还是那辆老单车，确实很老，但保养得不错。人群来往迅疾，但老爸的骑车姿势，永是稳妥。拐弯，穿过巷子，长长的街道路上，我分明听见老爸在一边嘀咕：那护士怎么下午才说，早先要是知道有这法子就好了，就不用受罪了。

他以为我在车上睡着了，他从来不在我面前嘀咕。他刚才是自言自语。但我闭着眼睛，听得一清二楚。他那件大衣照旧把我裹地严实。

长长的街道走完，再拐弯，到家。母亲已经做好饭菜等待许久，一见面就手忙脚乱的。父亲照旧沉默地坐到饭桌前，这时候用不上他了。他已经安心倒他的小酒去了。

我忽然对父亲有了别样的，切身刻骨的感受。

父爱，或许是这样一种爱。

它很温暖，但不喜欢显山露水，永远在你的背后弥漫开来。

至亲的牵绊

有人相逢一笑泯恩仇，也有人怀着不愿意谅解的心，继续生活下去。我们必须完整接受这个真实的世界。

1

我的朋友黎，妈妈患了阿茨海默病，也就是俗话说的老年痴呆。症状是渐进式的，一点一滴遗失记忆，分不清事物和亲人。

黎去照看妈妈，看见妈妈冲护士在发脾气，指责护士为什么要把坏了的水果给她吃。其实，护士根本就没有这么做，觉得很委屈。护士找她解释，顺便又抱怨。

黎安慰妈妈，说水果是好的，你记错了。回头再安慰护士，没事，没事，反正回头她也忘了，麻烦你帮我好好照顾。

真的，没多久，黎的妈妈就不记得子虚乌有的坏水果，以及自己骂过护士了。

黎年过四十，人到中年。妈妈年近七十。她仍然是妈妈的孩子，可她的妈妈，已经身不由己，变成了不可逆转蛮横不讲理的“老孩子”了。

黎叹口气说，也只能接受自己的妈妈就是这样了。

2

另外一个看起来悲惨的故事。

起因是，我问我的读者粉丝们：“你能不能用一句话形容自己的妈妈？”

很多人说“善良”“柔软而坚强”“永远有温暖的微笑”“小身体蕴藏大能量！”这些词语，和我平时对母亲的印象是一致的。

突然中间有一条新的留言，风格骤变：“生下我半个月就抛弃我的人，把所有爱都给了另外一个孩子的人，不承认我是她女儿的人，曾经逼我跳楼的人，拿爸爸来威胁我的人。”

说这句话的，是一个很喜欢青春偶像鹿晗的女孩子。

我想安慰她，却不知道说什么好了。我给她发了鼓励的表情符号，我记得当时我回复的话大致是说：“只要你自己长大。”

这个女孩回复我：“沈叔别大惊小怪的啦，我早就习惯了。”

哦？习惯了……

我说：“强大起来，要过得好好的。”

女孩回答：“嗯，现在的我，经济独立，也努力学习，比很多同龄人都早熟。”

童年很糟糕，但是当事人顽强长大了。我的直觉很敏感，觉得一定是有故事的。

于是我说，那你跟我具体说说你的故事吧。也许我可以把你的故事，写给其他人，让读者从中习得一点东西。这个女孩告诉我：

“我是加拿大华裔，出生在多伦多。她生下我以后就把我带到了温哥华我奶奶那里，然后只身去了香港。在香港，她有了她新的丈夫和孩子。但是我们每年都会见一次面，就是外婆生日的时候。

“在我6岁时，我因为看了恐怖片而不敢一个人睡，一定要和外婆一起睡，她不允许，外婆和她争辩了几句，她就拉着我要跳楼。她跟我说过很多次，我不是她想要的孩子。

“但是我还是要感激她，因为无论如何，她还是把我生下来，哪怕她一直在折磨我和我爸爸。温哥华现在倾盆大雨呢，就像我的心情一样，不过，我还是祝她母亲节快乐。”

3

还有一个故事，是电视节目上的。一个被淘汰的选手说自己其实有个妹妹，只不过，从小被送人了。今天是母亲的生日，想打电话给她，让她说一声妈生日快乐，电话打过去，妹妹说我只能叫一声阿姨。

这个节目的主持人很有名，他对妹妹说：“你就不能满足母亲这个心愿吗，你知道吗，我很羡慕你，你有两个妈。”

这个妹妹，从小就被母亲送人了。养父母对她很好，他们一家人相亲相爱生活着。

这个世界有很多人拥有母亲的疼爱。我也是幸运者之一。

但也有不少人，享受不到母爱，甚至只有憎恨。

4

最后我要说的第四个故事，是我堂妹的遭遇。

我堂妹还是没有去看望她得了脑癌的亲妈。因为那个女人在堂妹小的时候私奔了，不要堂妹了。

走前，她还想掐死堂妹，她不想留下牵挂，干脆杀死自己的孩子，一了百了。幸好，堂妹命大。家里人赶到，那个女人跑路了。

堂妹长大后，就一直恨她，不打算原谅，不打算团圆。哪怕，她的生母说，还给她准备了嫁妆的钱，想亲自给堂妹。堂妹也拒绝。

我们劝她："还是去看一眼吧，以免后悔。"

堂妹说："也许她根本没有癌症，是骗我去看她的。"

我们无言以对。

堂妹说："就算她没有骗我，那又怎么样。总之，我就是不会去见她。我一直记得她当时掐我的样子，我不想看见她。"

我不会再去劝堂妹了。她已经是个二十多岁的成年人。她有自己的选择，我们只能尊重。

血缘亲情，至为慈悲，又至为残酷。谁也没法逼着别人去接受自己恨的人，谁也没办法。

我不了解鹿晗，只知道那是个对于少女来说，很迷人的偶像男孩。心里有倾慕的明星，那就是心里有对美好的幻想和爱。

喜欢鹿晗又早熟的女孩子，最后还是祝她的母亲，节日快乐了。

5

这就是我想讲的四个故事，跟大家日常的温暖母亲相反的故事。一个听起来是无奈的，一个听起来是沉痛的，还有一个听起来是尴尬的，最后一个我身边亲人的，则令人深思。

生活有很多侧面，但我们不能像电视节目里那样强人所难。不一样的孩子，有不一样的母亲节。

我们喜欢看到和解，看到原谅，看到宽恕。但这其实必须建立在当事人自己愿意的基础上。

我祝所有的孩子，能顺从自己的心，选择以自己的方式过母亲节！

有人相逢一笑泯恩仇，也有人怀着不愿意谅解的心，继续生活下去。我们必须完整接受这个真实的世界。

你若美好，世界便好

负面和正面的情绪、事情，都是日常生活难免的。好在，我们可以用主动的态度来对冲。就像一部风靡万千观众的经典电视剧里的经典台词：化戾气为蜂蜜。

你若美好，世界便会美好一点。

我有个同事叫大淮，发生在他身上的事，挺有意思的。

那天大淮很有点倒霉，原因是他在上班的时候搞错了一个广告的排期，我们部门发现时，已经迟了，造成了几千的损失。老总就把大淮恶狠狠批了一顿，那个严厉啊，简直是漫天风雨。

大淮本来是个工作有几年的老员工，还犯这样的低级错误，实在是说不过去。他当然只有忍气吞声的份。造成的经济损失，也要从他未来的薪水里扣除。

结果，他出门的时候，又忘记了拿钥匙，等到他重新回公司，又遇电梯例行检修，封了。

往常坐 3 分钟的电梯就可以到达公司高楼，现在他爬了十几分钟，满头大汗淋漓而下。这让他更加心焦，火冒三丈。

再次出门来等车，但是天气慢慢地阴沉了。是这个城市里夏天的暴雨来临的前奏。终于等到最后一趟班车，雨已经下来，把他淋了个透湿。

这个时候，大淮的太太打他的电话，说他们的儿子——那个小家伙非常不听话，前天做了坏事，和同学闹脾气，把同学的背包剪烂了。原来，太太是找他打小报告兼抱怨。

结果，老师找到了家长，也就是他的太太，要求家长出面，到学校去调解道歉。太太希望他去学校解决事情，并且好好训斥管教他们那个调皮捣蛋的儿子。火气腾上他的心间，他发狠了，一定要好好教训儿子。

大淮上了车，没有想到遇到更加郁闷的问题。

他的钱包又忘记带了。拿钥匙的时候东翻西找，肯定是随手放到抽屉里了。这个时候他才想起来，已经太晚了。他摸了摸口袋，只有一块钱的硬币。车票是两块钱。再下车？就回不了家了，而且外面的雨不小。

他请求司机："您看能不能通融一下，我确实是忘记带钱包了！不是故意不给的。而且下这么大雨……"

偏偏他遇到的是个一丝不苟的司机："坐车就准备好零钱，要不办个公交卡啊。"

"真的忘记带钱包，卡也在里面，不好意思。"

司机最后勉强同意，一路嘀咕："又是想占小便宜的。"

这真是冤枉，他这个人吧，坐车出行，从来是遵纪守法的好市民，绝对不会为了一点钱逃票。就这样一次的无意，就背负上了恶名。

他也火了：“您把地址给我，我要是回头不补上钱，我就不是人。”

眼看一股火药味四处弥漫开来，司机不再说话了。

他却爆发了，他把今天所有导致他倒霉的人，全部骂了一通。

还有，他咬牙切齿地决定：回家了一定要好好惩罚儿子，胖揍一顿。他工作这样艰辛，生活这样卑微，为什么还让他如此操心？

车厢内有窃窃私语偷笑的，有若无其事旁观的，也有议论闲话的。

这个时候，一声响亮的“叮当”，发生在自动投币机里。一个大学生模样的女孩微笑着说：“师傅，我帮他出这一块钱。大家都不要吵了，好吗？”

于是，大家都安静了。司机似乎有点愧疚，一连说：“可以，我也不是非要计较这点钱。”

然后，司机专心开车。我那个同事也冷静下去，他有点羞愧，自己怎么忽然表现得这样失控。他对着女孩说：“谢谢”，还感激地冲女孩一笑。路途上，车厢里只有外面雨水敲打窗户的声音。

暴雨拖延了行程，中间有点堵车，大约多花了十几分钟才到站。这一次，却一反常态，没有人抱怨。

下车的时候，雨小了。

他心平气和地回家，敲门说道：“我回来了。”

他的儿子已经胆怯地等在客厅里，像一头小动物一样，乖乖等着意料之中的责骂和教训。但是他胖揍儿子一顿的想法，已经烟消云散了。

他微笑着，拍拍儿子的头，说：“还不去洗洗手，准备开饭了。爸爸都饿坏了，你听，肚子一直在叫呢。”

大淮家的小男孩欢呼雀跃，主动去收拾饭桌，还跟大淮道歉：“爸爸，我错了，我以后再也不跟同学打架了。”

这个小孩子不会知道，他的爸爸今天没有暴躁地发脾气，也没有揍他，是因为他在路上受惠于别人的一点点小帮助。

是的，那是一份陌生人的善意，为他解围了。

虽然只有小小的一元硬币。这使他原本干涩的内心忽然变得柔软晶莹。他不认识那个人，而且城市那么大，他很可能再不会见到那个陌生人。

他的太太那天也很纳闷，后来知道了这件事后，带着全家人出去吃了一顿自助餐。然后陪着大淮和孩子，一起去了学校。其实，给别的家长道个歉，也不是什么很没有面子的事情。

他把这个事，当笑料讲给我们同事听。我听了以后，又想笑，又觉得很感动。细细深思，我们这人世间，只要有一份善意，就会有一份冰雪的融化，只要有爱的传递，就会有责怨的消减。

于是，奇妙的化学反应继续发酵了，这个故事，我们的老总也听到了。减免了一部分大淮要承担的罚款。

负面和正面的情绪、事情，都是日常生活难免的。好在，我们可以用主动的态度来对冲。就像一部风靡万千观众的经典电视剧里的经典台词：化戾气为蜂蜜。

你若美好，世界便会美好一点。

有爱存在的地方

这种爱，最原始最粗糙，却也是最纯净，在这个世界上，任何人都没有资格嘲笑它。

而有爱存在的地方，就是天堂吧。

那是发生在十年前的事，2003年11月6日，在北京南三环万柳桥附近，一只小狗遭遇不幸。它在三环主路上，被来来往往的车轧死了。但是谁也没有想到，它旁边的三个同伴，居然不顾正是高峰期的滚滚车流，忠实地守护着死去的小狗，舍不得将它丢弃。

过往的司机都惊呆了，本来匆忙赶路的车，开过三只小狗身边时都纷纷绕行，或者干脆停车。交通为之阻塞，还有两辆车，因为躲避小狗而追尾。

平时啊，在路上遇到堵车，所有的人都心急，谁都想快点走，互相挤来挤去，要是剐着一点蹭着一点，吵架是不可避免的。但是，那一天，所有人都不再抱怨，也没有彼此责难。大家看着那三只围在自己死去伙伴身边的小脏狗，心里有的只是感动。

还有另外一个故事很相似。那是在1928年3月，纽约繁忙的百老汇和沃尔克大街上。一只名叫“小黑人”的母猫阻塞了交通，因为它有5只小猫需要救护。警察詹姆斯·卡德莫尔拦住了过往汽车和行人，让“小黑人”把5只小猫一一地叼过了马路。有人拍下了这一动人情景，题名为“为小猫让路”。

很多时候，我们这些情感复杂的人类，常常喜欢把爱藏在自己内心最深处，因为害怕把它拿出来，会被嘲讽，会被伤害，会不被接受。但是，三只小狗和母猫“小黑人”不懂这些，它们只知道自由地表达自己的悲伤，或者对同类的爱。

这种爱，最原始最粗糙，却也是最纯净，在这个世界上，任何人都没有资格嘲笑它。

而有爱存在的地方，就是天堂吧。

一百多次举手

有爱心的，并且把爱心均匀分给每个学生的，都是最好的老师。

毕业、工作，然后是一些年的分别，再就是同学会。饭桌上，我们高谈阔论。话题跑个不停，一不小心，跑到当年的数学老师身上。那一年我们是文科班，数学课换了老师，个头极其矮。我则是最平凡无奇的一个学生。大家说他是特派的秘密武器。文科班全是数学瞎子。而这老师，有数学疯子的称号，历史记录上成功无数，把数学瞎子变成优秀学子。他什么话都不喜欢多说，全部时间都是讲解。

于是我和坐在我旁边的同学嘀咕："多好的老师啊！"

同学却奇怪地问："那你怎么还老是戏弄他啊！"

我大吃一惊："我没有啊！"

同学言之凿凿："你怎么老是举手，举了手又不问问题，搞什么啊！老师总是兴冲冲急忙跑到你旁边，尴尬得不得了。前两天我还听见他嘀咕，说怎么老是被你调戏。奇了怪了。"

哦，是了，我总是习惯性地挠头，那手势，就很像是举手。我忽然明白了，为什么每次我的数学老师，都匆忙走过来，又表情有点古怪地从我旁边走过去。因为他以为我在提问呢！哈哈，我乐了，又有些羞愧，太不好意思了。

我又问我的同学：“那，我这样，有多少回？”

“谁记得，大半年时间，一直到毕业，大约是一百多次吧！”同学摇头，然后被其他人拉去灌酒了。我坐在位子上细细回味着，这个老师的容貌和样子，仿佛又在面前出现。

我蓦然想起在毕业留念册上，他写道：“同学，要敢于发问啊！我看你举手一百多次，却总是不好意思提问。”

现在，我才明白其中的含义。心里一阵一阵难受。还有这样的事情，为什么我从来都不知道，怎么没人告诉我啊？可是，谁会说呢！真的，我知道我不是所谓的拔尖儿的学生，但是，我遇到了一个最好的老师。

因为他对一个最普通的学生，带着不分优劣的爱心：“同学，要敢于发问啊！”

这话，我会记得一辈子的。

有爱心的，并且把爱心均匀分给每个学生的，都是最好的老师。

阿仪达的骄傲

最伟大的爱心，除了让自己的母亲骄傲，也让别的母亲获得骄傲。

最伟大的爱心，除了让自己的母亲骄傲，也让别的母亲获得骄傲。

阿仪达在学校里，一直是功课最棒的孩子。所以，每一次接到邮寄回家的A字成绩单，母亲都会摸着他的小脑袋表扬他。不仅仅是口头表扬，还奖励他美味的食物，以及带他去阳光灿烂的郊外游玩。这个学期结束的时候，很奇怪，阿仪达居然没考好，他的母亲对此很生气，也感到非常奇怪。

“去年，我很为你感到骄傲，因为你是班里最好的学生。”

“是的，妈妈。”

“但是，今年为什么你没有考好呢？而且，最奇怪的是，你和去年一样，那么努力啊！妈妈也没有看到你松懈，你能告诉我这是为什么吗？是做试题的时候，不认真了吗？”

“不是的！”

“那是为什么，妈妈觉得很失望。”

阿仪达听了觉得很难过，但他想了一会儿，便对母亲说：“妈妈，我知道你为我而骄傲。我就在想，那么别的孩子的妈妈，应该也想为孩子而感到骄傲。但是，如果我总是第一的话，这对他们来说，不就失去骄傲的机会了吗？”

母亲笑了，她抱住小阿仪达。阿仪达还在嘀咕：“虽然我很舍不得你做的好吃零食，还有郊游！”然后，母亲亲了亲阿仪达的面颊，对他说：“你说得太对了，虽然你这次没有考上第一名，但妈妈更加为你骄傲。”

吃完了一顿作为奖励的丰盛晚餐后，母亲就给阿仪达的老师打了电话。第二天，老师在课堂上这样对阿仪达说：“你应该感到骄傲，你是一个真正懂得爱心的孩子。老师还对其他同学说，我希望你们没有阿仪达，也能让自己的妈妈骄傲。”

可不是，最伟大的爱心，除了让自己的母亲骄傲，也让别的母亲获得骄傲。

同桌的她

我总记得那一年，那两个可怜的孩子，在遥远的青春岁月里，温暖而清晰的同病相怜。

每逢冬天，就是我最难受遭罪的时候。

我老是抱怨我爸，怎么会有这样的遗传。从小看的医生都一口咬定：你这是遗传性慢性鼻炎。真的假的？我怀疑归怀疑，痛苦照样痛苦。追溯家族病史，我、我父亲、我爷爷和我的叔叔，都有这毛病。

每天晚上我的鼻子塞得天昏地暗。恨不得把能够看见的东西都砸了，因为鼻子塞了透不过气，呼吸困难，神志都有些不清晰。只好张大嘴巴呼吸，很快嘴巴干得火烧一样，自杀的心都有。

白天好一些。但是我常常要用极其大的力气，冲开闭塞，呼吸到救命的空气。于是我的鼻子老是发出巨大的声音，在安静的自习氛围你平地炸雷。所有人都愤愤不满得瞪我，想杀人的表情。反正不是还要顾及面子的女生，我就当不存在。

总不能让我憋死。

下午，班主任要求按老样子四个星期自由交换一次座位。我是没人想坐到一起了。也心安理得的一个人守着一张桌子。

“我坐你旁边吧！”一个女生眼神带笑。我条件反射地点头，我一向是学习标兵和听话的好孩子。

我瞥了她一眼：“你别打扰我，我不干涉你。”我对她直接说。

我看见她和班上另外一个眉目清秀的男生短信频繁来往。那时候的短信当然不是手机制造，是手写的。肯定又是个早恋的女生，这样的女生一般是不会花心思好好学习的。在我的观念里也就不是好学生。

她居然咧着嘴笑：“真的，那就好了。我还担心呢！”我莫名其妙，“你担心什么？”中午的教室一个人都没有。黑板上遗留的粉笔字迹，我走过长长的廊道的时候，阳光稀疏而寒冷。我脸色不好地坐下，翻抽屉找书。有一颗感冒胶囊，还有一杯温暖的水。我愣了。“吃了就会好的”，还附加一句说明，“不感冒，鼻炎就容易控制。”字迹我认识，是已经做了一个星期的同桌的她。

破天荒的，晚上自习的时候，我开始感觉良好。呼吸一点点舒畅，到了下晚自习，我已经有预感，我可能会找回丢失多年的安稳睡眠。果然，那天晚上，我的脑袋一沾枕头，药物的嗜睡作用，加上鼻炎的缓解，我睡得前所未有地香。那种幸福，不是可以言说的。除了亲人，第一次有人在我感冒的时候，喂我吃药。我有一种温暖在身体里流动，冬天很冷，但是我反常地微笑，我向来是孤僻而冷漠的。戒备灰飞烟灭。

我开始叮嘱她，要好好学习考大学。早恋，多没意思。但是她说考不上了。“为什么？”我反问。

“我有病。你看我都久病成良医了。”她说的时候眼睛又在笑。我忽然明白，难怪她对我的鼻炎小问题手到擒来。我明白感觉奇怪的那点东西是什么了。是无奈和一些难过。“怎么不去看医生？”

“看了，没用。我是遗传的，总是头痛。”她嘿嘿地笑。“我也有过啊，没什么的。我们这种破学校，都靠拼时间学习，神经衰弱的太多了。”我也体验过头痛的滋味，不以为然。我并不知道，她那是没办法治疗的，很厉害的头痛。我发觉她在哭，没有任何声音。其他的人已经午睡了，四周安静得很。

我坐在她旁边的时间，她似乎没有犯过病啊。我忽然就有些明白了什么。难怪没有人和你坐一起呢？

她一看就穿，“那你还会陪我坐吗？”

“肯定啊！”我说。

很快她就让我真正见识了。座上所有的书乱七八糟飞出去了，头发乱成疯子一样，发出一些难受的声音，哭泣、抽打着自己的手，咬着牙齿。我从来没有见过，我吓住了。原来我坐在她旁边，她是那么地感觉难得。其实是我太过孤僻地投入学习，居然就不知道，在同样一个教室里，有这样的事情 。

我突然抓住她的手，紧而又紧地抓着。她也用力地抓着我的手，抓住救命的稻草一样。所有的人都走了，一直到所有的灯都熄灭了。她才头发凌乱地坐起来，用手慢慢地梳理着头发。这一次的阵发性的头痛，终于结束了。

我拉着她，一直慢慢地走到女生楼下面。然后扭头就奔回自己的宿舍。我忽然想起，好多人的闲言碎语：“她是个喜欢撒泼的女生”“她是个乱七八糟的女生”“她是个喜欢在教室里发脾气的女生”……我觉得心脏无比疼痛。幸福的人，怎么会知道不幸的人的不幸有多么深重，怎么会知道他们的伤害，有多么的无耻与悲哀。

她就回家了。她以前说过她常常回家的，不知道这是第几次。我的旁边于是空了，我想，那就等她回来吧。好几天我发呆，神色恍惚。我感觉很难受，却说不出的。我把我一向做过就丢的政治卷子保存了，以前我总是骄傲的，丢掉打着红的耀眼高分的试卷。她的政治功课非常差。

过几天就会回来的，都快要考试了。那年冬天的黄昏特别地血红色。整个世界都仿佛带着血色。我从教室出去时，大家从外面的小摊贩买回热面在教室里吃，心理安慰似的，觉得能够增加温度。我也带回一大杯，放在她的抽屉里。觉得她可能哪天早上忽然就来了。我忽然就体会到，她给我带开水和感冒胶囊的心境。

考试快来了。我重复着，考试快要来了。

有一天另外一个人告诉我，估计你到毕业都会是一个人坐了。她不会再回来上课了。

那天晚上我鼻子又一次往死里塞。一直都是她准备着一颗感冒胶囊，和她打的开水，我才摆脱鼻炎折磨。第二天我自己去买了感冒胶囊。一颗颗颜色淡青纯白，眼泪似的。

考试来了，她没回来。我的旁边一直空着，最后到高考，我听说她参加了考试。再就没有见过面了。她脸上的雀斑在记忆里似乎模糊了许多。但她的一头短发一直很精神。我会在每个冬天想起她，然后提醒自己，记得准备感冒胶囊。她是不是也找到了更好的医院，不再那么痛苦？她是不是也去了一个美丽的大学呢？不过我却怎么都联系不到她。在分离之后，想找到一个人，其实是很难的。我这一生全部的读书生涯，在身边同一位子坐过的人不计其数，她是唯一这样关心过我的人。她或者就是因为自己曾经受到过病痛的折磨，才会很关心别人。

那是两个可怜的孩子，在遥远的青春岁月里，温暖而清晰的同病相怜。

陌生人的问候

生命是如此的寂寞，我似乎能够看到过往的岁月脚步是那么地匆忙。连一些抚慰都没有，白头发就繁盛了。

当微博微信繁荣之后，我很久没有收到陌生人的信笺。在以前那些青春意气的日子里，我写着自己的心情，叹息着自己的悲伤，然后让它们在某些报纸或者杂志的角落里等待些什么。比如你现在看到的。

我在之前写下了一篇很短的《城市地下铁》。然后文章出来了，在本市的一份百万大报副刊上，配着的是几米作品的一幅图。

于是我收到了陌生人的信笺。那是这个城市三十三中的一个小女孩。没有真实的名字，只有简简单单的几个英文字母。这是谁啊？她有多大？为什么她不写下真实的名字？

她喜欢我那篇短文，所以写信来，问候我。

大学的岁月快走到尽头，我在许多地方发表文章，没有任何人给我回音，然而我在这里的小小文章，却带来了一份关心。

我忽然就感动了。天气阴沉，生命是如此的寂寞，我似乎能够看到过往的岁月脚步是那么地匆忙。连一些抚慰都没有，白头发就繁盛了。

只是我读着短信，感觉陌生的城市里陌生的人，好像也有一丝隐藏的呼应。就如同我问自己：你过得好吗？居然有一个声音从不知道的方向传来，问着同样的问题。

我想纠缠我很久的失眠也许会好。在读着这些陌生的信笺时，我得到熟悉的安宁，安心地睡去。

整个城市转过身

每一个生命都是值得帮助的。

也许，某一天，那个得到帮助的人是你。在这个世界上，如果没有这种彼此出于生命本身同情的爱，我想，悲剧一定会多了许多。

“我是乔原，我打算明天离开这个世界。你不要再劝我了，再见，希望你过得好，比我要好。”

那个下午的三点，我被熟悉的手机震动声叫醒，看见这条短信的时候，吓了一大跳。好半天我才醒过神。看着天蓝色的屏幕画面上三行字，我的大脑以极快的速度搜索。

乔原？他是谁，是我的哪个朋友，还是什么远房亲戚？怎么我完全没有印象啊？

当时正是九月的夏天，这个长江之畔的火炉城市的气温，最令人烦躁，难以忍受。我把空调一直开着，可是我额头上仍然冒着冷汗。

最后我平静了，因为我把所有的记忆都搜索了一遍，生活圈里熟悉的和略微熟悉的人，他们的言行举止，可以确定都没有一个叫乔原的人。就算是加上网络上的朋友，也没有这样一个人。说不定是诈骗短信，利用人们的善良之心。

不过我还是没法放下，还是问问吧，如果有什么值得怀疑的蛛丝马迹，大不了报警。

我发去短信："心情不好？人生有什么难过的关？"

"活得没意思，我就是个废材，没人在乎我。"那边回答。

"那你可以拨打一些心理救助热线。我可以找给你。"

"不，我不需要。没有用。"

"要不要出来聊聊？"

"你还愿意陪伴我吗？你不是说，再不愿意见我？"

"告诉我，你现在在什么地方？"我不想继续绕弯子了，我感觉对方处于混乱思绪的旋涡里。

"那，我还是在那家广场旁边的肯德基等你。"

"好。"

我之所以答应得干脆，也是因为他选择在公共场所，这样说明还是有理智的，也不会有什么危险性。

夏季的天，说变就变，才结束短信沟通乌云就盖住了整个城市。我站在门口犹豫了一会，还是转过身，拿着伞出门了。

我冒着倾盆大雨，从这个超级大城市的南岸，坐的士到了江北。他说的那家广场在北岸。虽然是打的，仍然把我身上搞得湿淋淋的。

短信又来了："我，我就坐在门口那里。"我看见了，一个满身湿淋淋的男孩。

大约十五六岁的样子。

他很是惊讶："你是谁？"我什么话也没有说，把手机打开，将那条短信给他看。

他无比尴尬，打开自己的手机，搞明白了是怎么回事情。低下头不说话了，脸上水滴滴的，分不清楚是泪水还是雨水。我提议换个地方，换到暖气风口处，他看了我一眼，点了点头。他的衣服渐渐干了。

"你不妨把不开心的事情说给我听。"我把自己的一张名片递给他。没错，我做过期刊社心理热线的主持人……他似乎放心了，不再用警惕的眼光看着我。

他慢慢地讲，他和她的故事。打着哆嗦。本来是在热恋，可是最近小女朋友突然说不爱他了，他在学校里天天跟着她。知道她有了新男朋友。小女朋友当众打了他一耳光，还说："你怎么不去死？你这样的男生，哼！"

他又羞愧又愤怒，回家闭门好几天，觉得无比绝望。今天打定主意，他要她一辈子都不幸福，永远陷入她害死他的噩梦。"可是，你死了，她即使痛苦后悔，你也无法知道，说不定，她会活更加好。"

他不说话了。我问："你是否觉得这样太自私了，你的父亲母亲怎么办？没有你，他们就等于失掉全世界。"他开口了："我，我，是太自私……"

我微笑地听着，注意看他的表情，他的情绪，在讲述当中渐渐平稳了。我掌握的心理知识，这次倒是面对面地实际演习了，以往都是隔着电话进行的。我叫了两份薯条，两杯热可可。驱赶掉身体的寒气，这有助心情的平和。

首先肯定是要平复他不稳定，间或又攀高的情绪。到最后，确认他真的没事了。我说："不早了，你看你也累了，回去睡个好觉。明天起来，说不定就又有个漂亮妹子找上门来。"

他咧嘴笑了，被逗乐了。我们道别说再见。“心情不好时，不妨再打电话过来。”我意味深长地跟他说。他笑了：“我不会再犯傻了。”

我相信他。聪明的孩子，找到了自己的灯笼，人生的路就可以继续好好走下来。回家，我收到很简短的消息。

“谢谢你。若不是你，我现在也许已经沉在长江冰冷的水里，永远无法醒过来。”

他已经在长江大桥的边上，站了两个小时，终于忍不住还是发了短信给女友，他因为分手，把女友的号码删除了。情绪激动下，按错了最后两位数字的号码。结果，短信就发到了我那里。

如果当时我没有回复，他就已经跳下长江大桥。从此，在世界消失。连同他的家人，他已经分手的女友，都会有无尽的伤心。

雨终于停了。这个故事，他不会对人讲。而我也不会讲出他的真实名字。

他已经在这样一次的生死关头，打转了一回。

又一条短信发来：“下次回请你！”

雨后，整个城市呈现出清新的绿意。

我仍然依稀记得，在我成长的岁月里，曾经有一个朋友，虽然平时没有什么交往，但是一天忽然打过来电话，说想找我出来坐坐。当我问有什么事情的时候，他回答没有什么事情，就是想找个人陪伴着，只想陪伴一点点的时间。我很忙，我那时很忙，真的，于是我礼貌地说：“后天，或者明天吧！”那边的电话轻轻的挂下。

后面，我得到消息，他给所有熟悉和不熟悉的朋友，都打过电话，但没有人陪他。他当时遭遇了很大不幸。但是大家都很忙很累，各自有各自的烦恼和理由。

于是，他一个人，在早上第一缕阳光射出来的时候，掐灭了生命的火焰。所有人在流泪的时候万分后悔，为什么，为什么当时不抽那么一点时间去陪他？

从此，再不敢懈怠，任何一个卑微的请求，任何一个有不良念头的电话。

这就是，我会为这样一个莫名其妙的陌生短信，不顾疲惫，大老远去见一个陌生人的原因。这也是我常常去做一做心理热线主持人的原因。

每一个生命都是值得帮助的。

也许，某一天，那个得到帮助的人是你。在这个世界上，如果没有这种彼此出于生命本身同情的爱，我想，悲剧一定会多了许多。

但悲剧，我们完全可以付出并不太大的代价，转折为一个美好的故事。

我和这个小孩子，做了朋友。那一刻我就是他的那根陌生，却又最为温暖的稻草。我却应该感谢他，我姑且就叫他阿乔吧！他让我也解开了那个心结。

整个城市，会因为一点点转身的温暖而美好。

大诗人的小童心

琴与指头相遇，有了琴声。

恰似男女之相遇，有了爱情。

恰似水与酒精的结合，才有酒。

苏轼有一首《琴诗》：“若言琴上有琴声，放在匣中何不鸣？若言声在指头上，何不于君指上听？”

这事读起来，仿佛他是在严肃做研究，煞有其事，分外认真。其实，这不过是大诗人的小童心，玩耍游戏笔墨。

能做到大政治家，写出多少人心中悲欢离合的人，必然拥有七窍玲珑心，哪会不知道事物的道理。

琴与指头相遇，有了琴声。

恰似男女之相遇，有了爱情。

恰似水与酒精的结合，才有酒。

如果把一首让人会心一笑的诗作，故作高深去解读什么哲学道理，还当成格物致知的典型，就会特别无趣，如同牛嚼牡丹。

没有人知道苏轼在什么事情的触动下想写这么一首诗。但我可以模拟推测一下。如果苏轼有个好朋友，很会弹琴，苏轼很欣赏他的音乐，一次约会，酒也喝了，琴也听了，漂亮的侍妾也在旁边含笑不语。

乐观豁达心甜意洽的苏大学士忍不住调侃起来，这琴声到底从哪里来呢？如果是琴上有琴声，放盒子里不响，如果在你的指头上，为什么不直接听你的手指头。

我简直能够想象到，被开玩笑调侃的人，忍不住瞧着自己的手指头发出“哈哈”大笑。

我更加愿意把这事往童心雅趣上去联想。

古人写诗，固然言志，郑重其事。但也玩诗，就像我们现在说段子开玩笑一样。苏学士这样的人，玩起文艺来，知情识趣，绝不迂腐呆板。亲朋好友，宴席琴会，家常便饭，写两句逗人一乐，也自乐。

第六章

在星空下

我不必告诉谁，我的心意是什么，
也许是亲人也许是成长，也许是四月的雨或正月的融雪，
也许是抬头看见北极星，在星空之下心头忽然涌起的忧伤。

聪明的插画家

自己的人生要什么，可要搞清楚。要找对象，要结婚，要生孩子，要快活幸福，要过小日子，那就别绕弯子，直奔目的地吧。

从女同事的嘴巴里听到阿令的故事，当时我就震惊了。

具体情况是这么回事，阿令到外地工作，奔赴一家搞动漫产品的公司，除了一批工作人员，还有少数的青年杰出漫画家在跟公司合作。问题是这些青年漫画家们都相当散漫，人生啊工作啊，都不怎么有规划。于是就有了这样的一种搞法。这家公司开了底薪邀请漫画家们入驻，总之就是给了基本收入养着，平时漫画家就好好待在公司里画漫画。有一个环境氛围，画画工作也专心，完成任务了，爱怎么过怎么玩都不管。

阿令就是这种被养起来的漫画家之一。从外地老家来到这个公司，过上了这种半上班的生活。

原本这种漫画家都是一年两年的合作期，反正自由不受限制，作品又有固定东家收获，算是不错的生活方式。

结果不到半年，阿令提出离职。公司方面相当困惑，当然还是要问问原因，是怎么了，有哪方面不满意？还是在本地生活有问题。阿令报出一个非常正常又非常令人惊讶的结果。

他结婚了，要回老家办婚礼，以及回老家过日子去。

什么？一直都只看见他独来独往出入公司啊？

真相紧接着水落石出，公司另外一个年轻的妹妹，并且还长得有点漂亮的女孩也请辞了。原来他们两个已经偷偷摸摸交往了两个来月。其他同事纷纷表示惊叹。

有人问阿令什么时候开始勾搭上那位美眉的，阿令很客气地回答，就是慢慢地，有时候聊漫画认识的嘛！

这样的人生好事，当然是成全加祝福，公司同意更改合约，放他走人。阿令携着他的老婆，夫妻双双把家还。

约莫一两周后，负责阿令交稿沟通的同事才爆出猛料。这小子啊，很早就听说这家公司年轻女孩多，并且多数是真正的美眉，单身宅编无对象。所以他才毫不犹豫答应了过来这边成为签约漫画家。

所以，他最大的目的，就是为了找个老婆，“拐”个妹子回家去。从头到尾，这就是一个有预谋的跨省工作。锁定了猎捕对象的范围，又有共同话题可以搭讪，成功几率大大提高，同时早就探听清楚了公司女孩子的综合水准，水到渠成搞定老婆。

没有稳定工作的，奔过三十大关，原本被认定还要继续孤家寡人的阿令，就这么解决了问题。达到目的后，他就立刻闪人了，轻重缓急分得很清楚。

就因为阿令目标坚定单一，就是以结婚为目的的，所以人家女孩子也掂量掂量人生，当然还是嫁人重要，工作什么的，再找啊！跟他一道撤退了。这种花花心肠小算盘，算计人生幸福的私人阴谋，别人又怎么猜得懂呢！

唯有他自己心里最明白。

这个速战速决的故事，体现的唯一主题，就是直奔目的。自己的人生要什么，可要搞清楚。要找对象，要结婚，要生孩子，要快活幸福，要过小日子，那就别绕弯子，像插画家那样直奔目的地。

一念

一个人的意念，身在其中如坠迷雾，自己都不明白自己。但是时光会为我们澄清答案。

我去一家新开的概念小火锅店，店主是今年秋天认识的新朋友，邀请我试吃品鉴。

在火锅店，又跟小航碰头。她是个性格特别好的女孩，我在当音乐比赛评委的时候，认识她的。她是活动方工作人员之一，留着短头发，爽朗热情有礼，做事情亲切自然，印象挺好。

各种食物被摆着可爱的造型端上来，大家就热火朝天地吃起来。我们惊奇的是，第一次看见小航身边带着一个男人，很为她高兴。这么好的女孩终于有归属了。

小航第一次看见那个年轻男孩的时候是在六年前。她当时是去他的录音室，跟那个男孩谈一个小小的项目合作。

如果说一般年轻男孩的家是狗窝的话，那么这个男孩家就是超级狗窝。他就住在自己的录音工作室，吃完的泡面盒子，脱掉的袜子，衬衫裤子，再加上桌子上的烟灰缸，共同构成了四个字，惨不忍睹。

随便走两步，还会撞到喝过的啤酒罐子。

小航心里当时只有一个声音，这么邋遢这么脏兮兮的男人，哪有女孩愿意跟他在一起。

六年时间过去了，小航非常细心地给身边的男朋友煮虾滑。

小航还解释道，她的男朋友有点怪，是学法律的，一起去看房子，跟开发商交材料的时候，工作人员说要审核一下文件的真实性。她的男友一脸严肃地质问，你们又不是公安司法机关，哪有资格审核文件？还有你们也没有联网的信息库，你们有什么能力审核？工作人员就一脸尴尬地退还了资料。

小航把这件事儿完全当笑话来说的，满脸都是宠着男友的表情。他们之所以一起去看房子，因为他们准备结婚了。

我想这大概就是爱情最玄妙的地方。它有各种曲曲折折，弯弯绕绕的形式。有的人是看见了对方最美好的时候一见钟情，心中充满了害羞的悸动。

还有人第一眼就觉得对方特别讨厌，越是讨厌，心里面就越想着这个人。

也有人是看见了对方最像个孩子，需要照顾的一面。

一个人的意念，身在其中如坠迷雾，自己都不明白自己。但是时光会为我们澄清答案。

小航自己都不知道！她的那个念头冒出来，就足够意味深长。

我对小航说，那就难怪了，六年前那一天你会这么想，就说明你动心啦。

毫无感觉的女孩，只会满心嫌弃，赶紧完成任务了闪人。才不会去想，这个人的未来，谁会跟他在一起？

古时候有一个诗人感慨过一句话，“情不知所起，一往而深。”其实情之所起，就在两个人的相逢一念之间。

这一念，飘飘荡荡，就像天上飞的风筝。落回地面的时候，捡到风筝才明白。

不爱你的人，你过得好不好，以后会怎么样，跟他毫无关系。而且还会觉得你是有本事的，自己总会都搞定，哪怕你搞不定，也会有别人来帮你的，不需要他来操心。

而爱你的人，就是会牵挂着你，觉得你需要她的照顾，为你忧心。

我在给小航分析她的心路历程，她若有所思，拿起一个黄椒芝士焗烤南瓜泥，挑走芝士。她男友不爱吃芝士，吃不了辣，把煮好的食物捞给小航。我和在场的其他朋友看到这一幕，相视一笑。

哪怕你真的非常勇敢强大，你也能感觉到这种珍贵的心，愿意在这个人面前露出你最柔软的一面。

勇者物语

勇敢的人，不管多大年纪，一样可以改变自己的命运。勇敢当然高风险，但是收获的却是另外一种精彩丰富的人生。

大学毕业那年聚餐，我们宿舍的一个男生终于跟桌子对面的女孩说，某某，其实我喜欢你。某某的脸一红，说祝你以后找到更好的。我们挺为他可惜的。因为事后那个女孩的闺蜜说，其实女孩也有点好感，不过呢，班长更加积极主动，军训的时候就穷追不舍，已先下手为强了。

如果当初勇敢地说出来，结局也许就不一样了。

再说几个小故事吧，都是真事。当然了，我得改头换面一下。

我有个同学，是女生，长相很像美国电视节目脱口秀的女王奥普拉。嗯，奥普拉长什么样的自己去搜索。整个大学生涯都是特别普通的女生，大三那年，忽然有人看见她跟我们的英语老师手牵手地在逛街。

补充一下，那老师真的挺矮，男女身高居然刚好相等。注意，是这个女生主动追求的老师。而且这个老师也只是很普通的教职工，不存在什么手上有特权的情况。

多年后，我在公交车上遇到这个英语老师，问他近况，他笑容满面地说女生一毕业他们就结婚了，买房了，生娃了。

我还有个同学，也是女生。这个女生精瘦干练，常年短发，跟另外一个女生形影不离，非常亲密。你懂的，她成为闲话的主角也是理所当然的。

有一天我忘记是上什么课了，反正不是刑法民法主修课就是别的选修课，需要有学生上台演讲。讲到最后，她突然大声嚷嚷："谁规定女生不能打扮成这样？谁规定女生不能跟女生一起玩？"这孩子，也很勇敢。

还有个女同事，离婚多年，四十多岁，英文不通，基本是零，而且她的儿子已经很大了。她就担忧地问孩子，自己很渴望新的生活和家庭。结果，她的儿子说，我都快大学毕业了，你也该找人了。以前我不好提，也是怕你不好意思。她特别开心，终于放下心里的压力，到处找朋友们帮忙介绍对象。

有一天她在交友网站上认识了一个美国人，然后他们开始交往、恋爱。于是没多久，老外邀请她去美国玩，她去了。

很快，他们结婚了，她嫁到美国去了。那个老外是个医生，条件不错。去年回家办手续准备投资房子的时候，我们一连串地问了她好些问题，在网上认识的你不怕吗？你们的语言不通，你又不会英语，怎么沟通啊？难道不怕人生地不熟，吵架了你就走投无路？

这个女同事说，英语不好慢慢学啊。平时吵架生气了，她就一个劲地说"sorry""honey，I love you"，对方就笑了。我们实在是太佩服她的勇敢无畏，把复杂的事简单化。结果就是这样，我们白操心担忧了，她过得挺有滋有味的。

勇敢的人，不管多大年纪，一样可以改变自己的命运。勇敢当然高风险，但是收获的却是另外一种精彩丰富的人生。

最后还要提一个女生，这个女生是班花，据说其他女生都不喜欢她这个人。男生们呢，也没有人追到她，得不到的当然也容易遭受非议。我曾经约过她一次，那次我们一起吃了火锅。她说她挺努力地去跟同学们，尤其是跟女生们改善关系的。但她既然习惯作为一个高调的人，没法让所有人喜欢，那就没办法了。

没多久，她做了一件豪迈无比而又温柔动人的事。在那年的圣诞节，全班男生都收到一份意外的惊喜：一张她手写的贺卡。

这导致男生们那天的心情统统美得不行，浮想联翩。这件事至今留存在我的脑海里，深刻鲜明。她这算是彻底得罪了全班其他女生，衬托得其他女生更加清静无为，黯淡无光。

这世界向来如此，循规蹈矩者也没什么不好，只是永远没有勇者那样容易成就一段物语。物语也就是故事的意思。这些勇者，都是有故事的人。

被讥讽的师生恋又如何，修成正果了他们去过自己的日子。百合恋又如何，闪瞎群众的眼大家最后也不过是闭嘴。当众大吵大打出手丢脸露丑又如何，回忆起来我们只记得他们的故事，谁又记得我们的故事？

我们吹净人生表面的浮尘，总会发现生活本身显现的真相。勇敢活着的人，也不一定比循规蹈矩的人活得更好。他们只是非常率性和自我，在自己的物语里，成为勇者。

那就从现在开始，成为勇者，去爱和被爱。

手心里的线

有生之年，我们懂事，然后动情，开始各自画着一根线条，很多人画到一半就断了，于是再起一头，再换一根线，不幸者乱如掌心的纹路，幸运者抽丝剥茧顺利接下去。

我的中学时代过于遥远，那年那月还没有普及手机，这事说起来挺暴露年纪。那时候男生想要追求女孩，只能写纸条。小纸条等同于现在的短信。当时坐在我后面三排的那男生根本就是一个纸条工厂，以每小时超过 20 多条的信息量，高密度传向我前两排的女孩手里。有同学嘀咕抱怨，他是有多喜欢那个女孩啊，这么疯狂。

纸条穿梭太频繁，男女生的这事又不是什么大事，开始我们还有兴趣保持人品，原封不动前后交付，后来嫌烦了，中间人纷纷直接掰开偷看又揉上，我们这些旁观者们偷窥得不亦乐乎。

“中午想吃啥?”“晚自习下了别急着走，一起去操场转转。”“帮我写作业啊！”“自己写，成绩不好考不上就完了。”“野草那么多，蚊子那么大，谁要去操场。”“下了晚自习我们去吃炒面吧！”

一览无遗全是废话，后来他们正式交往了，调整座位的时候故意坐到一起了，再也不传纸条了。没有戏码可看了，青春真是寂寞啊！

许多年后，同学小聚会上，喂喂，听说他们大学毕业后结婚了呢，有了小孩子呢，一起过着寻常日子呢！

啊啊啊，结婚了吗？一瞬间，十五年过去了。喧哗热闹海阔天空的同学们，开始追忆那些年，我们传过的纸条了。

青春除了寂寞，还很仓促。到了如今的岁月，我起初喜欢的人早不知去向，也许永不再联系。我中间喜欢的人来来去去，可以扳起手指计算了。我未来寻找的人，也只能继续寻找，摊开白纸，取出圆珠笔。

有生之年，我们懂事，然后动情，开始各自画着一根线条，很多人画到一半就断了，于是再起一头，再换一根线，不幸者乱如掌心的纹路，幸运者抽丝剥茧顺利接下去。四季轮换，一代又一代人重复生命轨迹，这世界上有70多亿人，加起来恐怕有几万亿的忧伤故事。

然而，总有人把那一根线，即便曲曲折折，也从头到尾画了出来。以至于我不得不在无限忧伤中，静静地沉默了许久。

我承认，我被感动了，如同闪电一般的刹那，一击即中。他们的线索是另外一种存在，那么温柔，坚定不移，维持着天空中、大地上所有事物运行的平衡。

请你温柔地拒绝

时光凝聚又散开，我们相逢又遗忘，多年以后，经过你人生的人，善待相处过的人，被再度想起时，那种感觉微妙奇异，会令你含着眼泪微笑，既美好又忧伤。

不久前，有一个学生读者写私信给我求解，这是个可爱的南方女生。

她这样问我：我好朋友和我告白，我拒绝了，他是不会和我做朋友了，我觉得很难受，以前不止一次发生这样的事，所以上了大学我从不和男生深交，我没什么男生朋友，可是现在还是搞砸了，我应该怎么做才对啊，为什么不可以只做朋友？

为什么呢？

如果失去的朋友，像失物一样单方面去招领，那就轻松了。很遗憾，失友难再招领，尤其是在拒绝告白之后。

我想吃鸡翅，而身边的其他朋友想吃汉堡，还有的同伴呢，只是想吃苹果派或麦旋风冰淇淋。然而，我们都走进了一个麦当劳，围绕或并列坐到了一起。

麦当劳不止卖一样食物，很奇怪吗？不奇怪。因为人的需求本就多样不一。

我们明明各自需要的东西不一样，可是我们机缘巧合走到了一起，相聚一刻。我们的人生就有了这样一段交汇。

在我们幼年的时候，父母待我们之好，犹如世界为我们旋转。不，说得更加夸张一点，犹如我们就是世界。所以，我们的眼睛只看得见自己的需要。但是我们会慢慢长大，会慢慢发现，世界无限大，大世界里还有小世界。地球那么大，中国那么大，那么多的人，人海之中，我们只是一粟。

人海之中，我们各自的兴趣爱好都不一样，可是呢，也能够做朋友，甚至交往做恋人。可是终归，我们必须学会发现我们走到了一起，却可能各有心思，可能导致关系决裂，可能彼此怨恨，两败俱伤。

怀着对异性的好感，对爱情的憧憬，而接近女生，而告白的男生，脑子里想着的，是一段恋慕的成败。成功了可喜可贺，失败了改弦更张再接再厉。

怀着对异性的好感，对友爱的憧憬，而接近男生，而拒绝对自己动心告白的男生，脑子里想着的，是一段朋友关系的延续。界线清晰，立场黑白分明。

成千上万的人各个不同，却诞生在一个地球上。何况是，两个年轻的人，意图各异误解了对方，但走到了一起做过短暂的朋友。

伤害了对方吗？伤害了自己吗？很没有面子吗？

又有什么关系呢？爱从来不是一成不变天生就会的。爱是我们后天习得，领悟的。是伤害警醒我们，使我们懂得，我们要为自己做选择。

我能告诉南方女生的是，因为那个男孩找的是恋人，而不是朋友，所以告别你，寻找下一个。如果难受，就好好体会这难受，难受见证了一段青春当中彼此陪伴关系的温暖、贴切。失去，总是叫人难受。你会铭记，下一次你继续寻找朋友，你要令对方获悉你的真实意图，保证对方的知情权。要找一个男生做纯粹的朋友吗？那要宣告明示，我们以友谊为目的才一起逛街吃饭温书听歌的。

至于那男孩，同理可得，他也要学到经验，什么样的女孩，才是可能实现交往的，什么样的女孩，其实只需要男生好友。后果自负。

如果我们经历得足够丰富，也将学会祝福对方；学会更好地去爱他人，与之相处；学会说出自己的本来想法，决定彼此关系的走向，但表达方式从未成年的生涩锋利，到成年后的温柔而坚定。

时光凝聚又散开，我们相逢又遗忘，多年以后，经过你人生的人，善待相处过的人，被再度想起时，那种感觉微妙奇异，会令你含着眼泪微笑，既美好又忧伤。

在星空下

我不必告诉谁，我的心意是什么，也许是亲人也许是成长，也许是四月的雨或正月的融雪，也许是抬头看见北极星，在星空之下心头忽然涌起的忧伤。

当时的校服为了套得上去，所有的尺码都做得超级大，我们穿着宽大的校服，挪到不同的班级归队，变成文科生或者理科生。风从寒冷吹到温暖，梧桐又长出青色嫩叶，黑板上的数字继续残酷无情地倒数，我却常常怀着羡慕，眺望几百米远的实验楼。

实验楼的顶楼是一个巨大的教室，隔墙被打通，里面没有紧凑的课桌，也没有堆积如山的课本，只有颜料和画板。因为他们是美术班，全部也才二十几个人。我也想念美术，在我看来，这是个神秘而美的专业。美术班就连时间也比较松散，因为他们的文化课分数要求比文科理科都低多了，大部分时间要用在练画上，在家也能练习。

那天别的同学到点就回家，地上还有几张随手丢的水果素描，只有一个女孩不紧不慢还在教室里画陶罐和石膏人像。突然她大声发问：“你这人怎么老跑来偷看我们画画啊。”

我吓一跳，只好现身，走进教室里回答说：“我喜欢画画，就来瞧瞧。我是文科班的。”

“那你干吗不选报美术班啊？”

“我自己也练了个把月，指导老师考察我了，说我根本没这个天赋。”我摇摇头很沮丧。

“所以你不死心，老跑过来看看对吧！”

我一边承认“是”，一边钦佩地夸奖她：“你画得真好，太有天赋了。”

“那当然，我是复读的啊！文化科目分数不够，得补习，我晚点回去就是等家教呢。不过你说天赋，我不同意，你没看见我还在加强啊。就算有一点天赋，还是要勤加练习的。你看。”

她把手指凑近给我看，我大吃一惊，她的手指绑着创可贴。

“受伤了还画？”

“练得手指关节疼，所以绑点东西缓解炎症。”

“我知道了，你这么拼命，不只想读省美院，你肯定是想上中央美院吧！”我猜测。

女孩摇头：“不是，因为我想着有一天，可以借着画完完整整表达我的心意。我现在还只能画好静物，画个大致的人像，美术考试再好也还不能真正画出我想画的。从小外婆最疼我了，有照片，有记忆，我总是画不好她。她已经去了上面。”

她指指头顶。我“啊”了一声，若有所思。

后来我没再去实验楼。二月过去，六月到来。有一天，仿佛福至心灵，我在试卷背面，写了一首小诗，邮寄给市里的报纸。等到家里收到报纸，我才知道发表了。

当高考结束，蝉再次鸣叫，我带着录取通知书前往大学。坐在大学图书馆里，我已不再彷徨，学不成美术，没关系。我练笔写满了几十个笔记本，我四处发表文章，遍及各大报刊，博得师长同学的称赞，某某，你越写越好了。

“不，还不够好。”我实话实说。

“还要多好才好？”同学问。

我深呼吸一口气，又不打算说实话了，我和他们开起玩笑：“没有句号，只有逗号。给我加油，我多拿稿费请你们吃鸡腿。”

宿舍的同学听到有鸡腿吃，纷纷乐开怀，不再追问。我不必告诉谁，我的心意是什么，也许是亲人也许是成长，也许是四月的雨或正月的融雪，也许是抬头看见北极星，在星空之下心头忽然涌起的忧伤。

我会一直写下去，直到有一天，我可以真正写出我的心意。不一定是写，也可以换成唱歌跳舞摄影跑步游泳天文地理化学……我们每个人，在这个世界上只用对自己的心负责。

给自己的情书

也许青春时候，最容易发生的，就是一场轰轰烈烈的暗恋。每个细节都那样逼真，难过、流泪、欢喜，一个都没有少。真是一出很好的恋爱演习。

1

米其林当然不是真名。米其林其实叫米琪琳，三个字串联起来，嗯，你一定知道这是个女孩。是的啊，还是一个可爱的初二女孩。米其林，常常不爱说话，却自己一个人抬起头发笑。没办法，电视上有段时间天天做一家世界著名轮胎的广告，从初一收作业的小组长开始，特爱大声叫，米其林，轮胎，无障碍。

那个广告里的米其林人，胖乎乎的。米琪琳，也有那么一些胖乎乎。

然后周围大声哄笑。这个时候她就把头鸵鸟一样埋进胳膊里。遇到这么难听的绰号，哭鼻子是每个女生的天然反应。谁都以为她是趴在课桌上气哭了。连肩膀都在颤抖着，还不是哭得抽噎了。其实米其林是偷笑得不行了，真的没什么了不得的啊。不就是一个绰号么?

我真是一个奇怪的女孩，米其林想。

十五岁了，隔壁家的蔷薇都开了好几次。米其林的心中也有蔷薇开了，这种花开放的时候有神奇的力量，天蓝云白，一切美好。花开也有原因，三个字：叶一企。

2

米其林开始写第一封情书。地球人都不知道，那是写给男生叶一企的。

“企，我今天从篮球场走过去，那群使劲蹦跳的男生真搞笑，跟猴儿似的，上蹿下跳。你就坐在旁边观看，微微笑着，鼻子皱着，上面有点汗水，黄昏的太阳光照着闪闪发光。我知道，你是因为脚扭了，绑着白色的布，你就是他们的精神队长，你必须在场，他们才打得好。我就是喜欢这样的你，安静的时候是洁白的，最帅了。”

很快收到“回信”了。

“我以后很少打球了。避免伤口复发，而且，进入三年级，要学习第一。我想要去北方读那所最好的大学。”看着字就好像看见叶一企热情阳光的样子。

米其林看着看着，就笑了。就把手掌，盖在那些文字上，闭上眼睛，心脏跳动得像一支蓝色的圆舞曲。因为在回信的最后部分，是“其实我也喜欢你，但是我一直没注意到你，你总是那么沉默，教室里没有人，我从外面经过的时候，看见你一个人坐在窗下，托着下巴微微笑着。你的头发真长，真好看。”

第三天再回复过去的时候，米其林说：“是吗，谢谢你！……”

3

天气、学习，学校外面第五家烧饼最好吃，还有文具店的白兔橡皮比较好用，还有，春天过后，小橘林开花了，有细细的香。这些主题，分别占据了米其林和叶一企“情书往来”的版面，当然，是偷偷地。

时间就像是灰色的小老鼠，等到米其林发现的时候，已经跑过去46天了。关系发展得真快呵！她现在管他叫企鹅，尽管他又高又不胖，谁要他名字里有个“企”呢？

“企鹅，你看见我今天穿的裙子了么，是一条米白色的，带有蓝色花纹，是我爸爸从外地带回来的。我今天特别想穿，因为我们今天集体去野炊，你也会来。这个学期的这次野炊，是初中最后一次了。以后就要全心全意为升学考试学习了。”

“哼，我警告你，小心我叫你轮胎哦！好了，对不起，我才不敢这样叫。企鹅也不错，胖乎乎多可爱。就跟你一样可爱。”

“好啊，那我现在警告回去，不许这样比喻我。我以后会瘦，等着吧，我妈说，她以前十几岁时候也特胖，一到高中，就变苗条了。我也会这样。可是，你还是喜欢我，对吗？”

“当然，我喜欢的是你的人啊！胖一点有什么关系？不过，从现在开始，一点也不能够放松了。因为我想考取东城区的重点高中。你也一样，要考上，对不对？所以你也要开始努力。”

“我会努力的。所以我们约好，三个多月后，就不再写信了。”

4

“一转眼就是升初三的第一场考试了。我的数学还是没把握，心里好紧张。

企，你能够帮我么？我知道，全班你的数学最好了。你在傍晚其他人都走了后，来后面的小橘林给我讲讲模拟试卷的题目吧！”

“企鹅，我的成绩总是不上不下，唉，你的就那么棒，难道像我妈妈说的那样，女孩子就是学不过男生吗？”

“瞎说，没有的事情。我有个姐姐，就考上了名牌大学，很棒很棒的成绩。你忘记了么，我们不是约定好，要读东城高中么？嗯，你应该好好地找找原因，问题是出在什么地方。时间来得及，距离升学考试还有时间准备啊！”

“我听你的话，昨天回去，好好想了原因。我好像真的找出好多来……”

“恭喜你啊，找出来了，就好解决了。”

可是几天后，情况反复了，“企鹅，我真的看见那些方程式就想打瞌睡，我就是学不好数学，呜呜……”在后面，米其林还写了好多“55555”，画上好多的哭脸符号。

很反常，这一次中间隔了一天，才看到回信。

叶小企这次写过来的话，语气格外重，尤其是最后一句，“米其林，我想，被一个不求上进的女孩子喜欢，我要感到羞愧了。”

米其林就大滴大滴地掉眼泪。毕竟他们年纪不大，不管以后会不会在一起，现在，她只想好好努力，能够在东城高中遇到。最起码，她不会难过死了，被叶一企“哀其不争”的冷冷眼光瞪着。

今天被米其林牢固记下，是写到第97天了。

5

这已经是米其林的情书写到第100天了。

以往生活里的内容，越来越多被学习这个主题代替。不再商量什么好吃好用，连圣诞节那天的晚会上，各自的用心穿扮好的样子，都不再提及。只是在刹那走神的时候，米其林会想起他脖子围绕的红色围巾，偏分的头发和眼睛，都在灯光下亮亮的。

第 126 天。米其林去老师那里看保送学生的名单，其实肯定没有她的。但仍然想去看一看。果然没有。

第 136 天。按照约定，不妨碍各自的学习，升学考试的倒数 3 个月那天，要中断了“书信往来”。

明天，该和他说些什么呢？米其林忽然觉得，心中充满了雾气一样的惆怅。米其林的功课，开始转为第一重要的事情。连喜欢叶一企，都要放第二位置了。

这些天来，每当觉得煎熬，试题们面目可恶的时候，米其林会找出那句话。

然后对空气里出现的叶一企说，你不会因为被我喜欢，而觉得羞愧的。那个阳光般男生的模样又消失后，米其林心就宁静下来，她渐渐感觉，功课已经不再像以前的那么难了。

甚至，米其林觉得自己心里，有些东西仿佛清晰起来。比如以前从来没去想的一些东西，将来，将来她想做什么呢？

似乎每个人，都有一点变化了。

他有他的理想，我自己呢？

第 137 天的晚上。米其林写下最后的一封情书。但她心里很明白，不会再有“回信”了。米其林自己的心里，某些东西开始坚定。

“即使你不再喜欢我，我也要好好地努力了。”

6

升学考试后的 3 个月。

东城中学新学期，前来报到的新生，在教学楼前热情汹涌。真如妈妈所说，米其林开始苗条了。一苗条，人就显得漂亮了。

她就在高 1（5）班门口看见了叶一企。他冲她笑笑，说："你也考上了这所高中啊！以后又是同学了。"然后进去布置桌子，放下卡其色的书包，摆上新书。

米其林也笑一笑。然后，她回到高 1（2）班教室。

从开始到现在，这是叶一企对米其林说过的第一句话，也是最后一句和唯一的一句。

不会有人知道，写过的字数超过几万的日记，米其林已经埋好在学校小橘林的地下，在初三接到通知书的那天。地球人都不会知道。

叶小企，只是写在米其林青春里的一个名字。出现过的地方，不曾是她的嘴巴里，也不曾是情书里，只在米其林那本散发着橘子清香的日记本里。

也许青春时候，最容易发生的，就是一场轰轰烈烈的暗恋。每个细节都那样逼真，难过、流泪、欢喜，一个都没有少。真是一出很好的恋爱演习。

也许，就如那句话说的，谁也不愿意让自己在最美好的青春，被一个不优秀，甚至平凡到糟糕的人喜欢。那真是一件叫人羞愧的事。

她还有足够长的岁月，去爱别人。从把握倾慕，到把握自己的感情。将来的事情，将来再说。

碘酒

有些伤，看上去很可怕，不去治疗或许会蔓延成无法愈合的伤痕，可是如果治疗却又如此简单，仅仅几滴碘酒的短暂刺痛就能痊愈。

对一个失恋的好朋友，很不放心，周末，决定还是会合了其他几个朋友一起去看望。因为失恋，她连工作也辞了，我们的集体娱乐也不参加了。

她懒懒地招待大伙，怠慢得不行："你们自己倒水，冰箱里有点零食，我回房间先休息了。"

等她关上门后，我们都苦笑了一下。饮水机也早就空了，都看见细微的发霉绿色，冰箱空荡荡的，一股怪味。

"哎哟"一声，有个朋友阿溪不小心划破手背。她的沙发上不知道散落了什么小东西没清理。我们把她叫了出来，问："你这里有没有碘酒？"

看见阿溪的手指被划伤了，她一怔："哦，我去找找。"

东翻翻西翻翻，没找到，久未收拾的房间，自己的主人也没了头绪。阿溪皱着眉吸着气摆手："算了，算了，伤口不大，自己会好的。"

她一听，接口道："这怎么行，不行啊，你是一定要擦碘酒的。坐等伤口痊愈很慢的，不小心还会感染发炎，搞严重了就很难收拾。"

大家都笑了，我对着她说："是啊，谁不会受伤，受伤了自己就得去找碘酒。身体受伤，和心受伤是差不多的，都需要好好处理。有的人说别人很厉害，自己怎么就忘了呢？"

她低头不说话了。

大家告辞的时候，她居然打起精神送到了门口。在门口犹豫了一下，说道："大家有什么活动记得叫我，我也要去的！"

大伙儿发动起来，组织了几次小型出游活动，把一些有利她的消息发到她电子邮箱去。小型出游活动，她的身影出现。第一次还很迟钝，一个月后第五次时，讲起了笑话，逗得大家哈哈大笑。发给她的工作资料，她挑了一个。忽然连人都消失了。

稍后一天，大家统统接到电话，她已经到了阿姆斯特丹，给一个时尚杂志拍摄插图。那是她一直的梦想，她说她忽然很有动力去实现了。

我接到电话的时候问："还好吗？"

她说："很好。"

我问："真的很好么？"

她那边传来笑声："是啦，我的那个伤口，擦了碘酒，好得差不多了。"

每个人都有一枝花

爱情就像是套餐，买了牛排就难免也附赠了罗宋汤。爱上一个能赠你华服美钻的人，就难免要拿出心思，去承受那人的风月挥霍，或者欢情无度。黄昏时候，在家里做好了最为美味的烛光大餐，也许吃的人只有自己一个。

她有过两次恋爱。

第一次站在大厦的22层，那个所有员工对他点头哈腰的人，对着她点头哈腰了。这样的男人，恐怕也只有爱，能够令他折腰。

第一次的故事很美好，男人送她大号钻石。旁观的人像是在读一本浓情的小说。可惜结局不是小说，没有那么圆满完美。那个时候，她主动提出了分手，但分手依然温文尔雅。他们都是文雅的人，没有像一般的分手那样争吵不休，丑态全出，以及觉得吃亏。男人没有索取回以往送出的礼物，她也没说要什么青春损失费。

事实上，她是主动去退还，那颗暗地里赏玩无数次的钻石戒指。结果那男人挥挥手，说，请留作纪念吧！

这个有钱男人其实不在乎送出的一颗钻石戒指，曾经在某个女人眼中如何美妙。她也没说什么，笑着说别了。

现在她的无名指上，是一粒小小的水晶戒指。第二次的爱情只送得起它。钻石被她封锁深藏，水晶的日日在手指之间缠绵。她的职业也换了，毗邻现在的爱人。

爱情就像是套餐，买了牛排就难免也附赠了罗宋汤。爱上一个能赠你华服美钻的人，就难免要拿出心思，去承受那人的风月挥霍，或者欢情无度。黄昏时候，在家里做好了最为美味的烛光大餐，也许吃的人只有自己一个。

而爱上一个平凡老实的男子，连带得到的除了素衣棉布，还有平常茶饭里的温暖呵护，那茶饭，大半辈子都是可以两个人在一起吃的。不曾后悔过往，也不抱怨而今。一个人的烛光晚餐，两个人的家常便饭。每个人都有一枝花，选择不同，但各花入了各眼。

年少的预习

爱情本没有错，爱情本是一个人成长的必修课，错的是我们爱过却对爱的真谛一无所获。爱要来和走，谁都无法挽留和强求。但是每一段爱情，都应该是下一段的预习。有所思有所成长。

他和她相爱的时候年纪很小。

他是一个小小的男生，她喜欢上了他。她是个跟他差不多大的女生。从中学的时候，他们就开始了。大家都说，你们谈爱情，还早。也许一切等到上了大学就好了，那个时候你们的年纪足够为自己的爱情承担。但是他和她哪里能够听得进去。从左边耳朵进去的话，右边耳朵出来，风吹一吹就散了。他照样是拉着她的手，走过长长的街道，觉得快乐得很。

就跟三毛的诗歌一样。“记得当时年纪小，你爱谈天我爱笑，有一回并肩坐在桃树下，风在林梢鸟在叫，我们不知怎样睡着了……”

后来，站在教室外，两个人的家长都是怒气冲冲的：“你们的爱是错的。”错了？爱也有错不成？当然，他们还不过是两个学生而已。

两个小小的孩子仍然一味去爱，把其他的事情都抛到脑后去。爱，就要奋不顾身。这句话是他在什么地方看见的，或者听过的。他没有想过那是什么人说的话。他忘记了自己的理想，她也忘记了自己的将来。原本成绩不错的两个人，双双就落榜了。他们爱是爱了，只是没有一起进步，而是一起退步。别的同学喜悦地走过他们身边。

爱情本是美好的，为什么这样痛苦？两个人迷惑不解了。最初是相互抱怨，他当然强含着眼泪忍耐。她哭着哭着，难过得一发不可收拾。懂事之前，情动以后，这中间有一段时间的落差。落差里，他们根本就不懂得什么是爱，也不知道爱了以后出了问题，应该去收拾其中的失误。

漫长的夜晚，还有辗转的反省。在其他人离开教室后，他们两个人留下来。相互确认着一个感受：爱，不仅仅是一起开心就好。

下一年的开始，他再约她出来，他牵着她的手，非常用力，他说："我们一起复习再读一年，好吗？"她点头。

他们用另外一种方式修复爱情和人生，用两个人彼此之间的支持。

他们一起进了大学。很幸运的是，还是一个大学。后来，他们喜欢相互拿一首歌曲取笑："记得当时年纪小……"不过这个时候已经不小了，经过一些事情后，彼此懂得了爱的意义。

这段过程，也就是爱情预习。

在许多其他的人，带着幼稚园小朋友的水平去爱的时候，就是恋爱一场乱爱一场，难免有各自痛苦的事情和时候。

他们却因为那一次预习，明白了应该不断地在爱当中学习。他们，相互是这样的承诺：“即使有一天分手，我们也要笑着说再见。虽然难过，也不要用仇恨去伤害对方。”

爱情本没有错，爱情本是一个人成长的必修课，错的是我们爱过却对爱的真谛一无所获。爱要来和走，谁都无法挽留和强求。但是每一段爱情，都应该是下一段的预习。有所思有所成长。

那么你才会听见风在林梢，鸟在叫，沉入真爱的幸福怀抱。

彼此欢喜

有时候，相反的方式，却达到了自己的目的，这样得到了许多，渐渐习以为常，渐渐以为是理所当然。但是，爱情不是亲情。亲情可以无限包容一边倾斜。爱情是对等的，相互付出的。你得到的爱，在最后，永远等于你付出的爱。

很小的时候，她有一个亲密的姐姐，这样告诉她：对男生啊，女生最好要多考验。考验他的真心，考验他们的爱情。如果，一个男人为女人落泪，那就是爱你的最大证明。你看《红楼梦》里，林黛玉也是给贾宝玉还泪的。

大姐说话的时候带着怨恨，那本是她自己的经历。她相信自己经过的事情。

别人的故事，总是对小孩子，特别有效。

她记得很牢固，总有一天，会要到属于自己的眼泪。

许多年后，她在大学遇见了她的他。他性子温和，但有胃病。一起牵着手去吃东西，去打发最闲散而美好的日子。她撒娇加闹脾气，他口味清淡，她便故意点上四川麻辣。然后他会气得胃疼。那是她在考验他。那时候，他和她，都不过十八九岁。爱情很好，甜美无比。

他容纳忍耐了她很长的时间。其他的问题慢慢显露出来。他不过无意看了别的女孩一眼，她脾气就上来。于是好好的约会天翻地覆。你不爱我？你不爱我！她看着他气鼓鼓，眼泪直掉。他开始胃疼，一边安慰她一边抚着自己的心口，但没有眼泪的痕迹。

终于一次，因为她生病，他们去了医院。还是同样的烦恼。她一气之下折磨自己，病得很重。他也不好过，在病床边守着她。他则是骤然地情绪激动，胃病又犯了。急痛攻心，眼泪居然冒出来。

她终于看见他的眼泪，她很欢喜，高兴得不得了，她终于肯定了他的爱，她觉得自己在这件事情上，做对了。

后来，她故伎重施，目睹了男孩很多的眼泪。男孩每哭一次，她就在心里记一笔账，以示收集成功。

那之后，他开始疏远她。她开始惶惶不安了。谁能够告诉我，到底怎么了，他不是爱我么？她问着自己。她没有其他人可以去问。其他人，就算有答案，也不过是套话。因此她找不到答案。

她于是亲自问他。他说，他爱上了另外一个女孩。她一个宿舍的最一般的女孩。她觉得石破天惊，无论如何，那个女孩都不如她。除了会安静地抚慰一个可怜的男孩的心。

“我们分手，好吗？”他神情酸痛无比疲倦。

不是不曾爱过，只是性格不合！她在失去他以后，一再地怀念，那天他流着眼泪说的话。一点点，回忆自己的性子。还是小孩时，说着不，来要求爱。

哭，大人会来逗你笑；吵，大人才会买糖果给你；生病，大人会对你很好。

只是，现在才明白，原来真正会得到欢喜的，是会笑的人，是不会彼此折磨的人。爱，要彼此的呵护，才能够成长并且延续。

收集眼泪证明爱的游戏，该停了。太折腾，就换自己流泪了。爱，应该是彼此欢喜。

这个女孩流过了泪，然后心平气和地看着头顶的蓝天，微微地笑了。

有时候，相反的方式，却达到了自己的目的，这样得到了许多，渐渐习以为常，渐渐以为是理所当然。但是，爱情不是亲情。亲情可以无限包容一边倾斜。爱情是对等的，相互付出的。你得到的爱，在最后，永远等于你付出的爱。

蝉的留白

写作是大地之间最普通的事，很多事物用它们本身的生命，写下了特别的故事，等待着人们在岁月漫长后读懂。

我常常遇到死掉的蝉。它们出现的地点，很随机。我回家路上，去杂货铺买瓶水，店门口赫然躺着一只僵硬的蝉。

想起几年前，我去一间寺院讲课，经过一片棉花地，也撞见这样死在路上的蝉。当时我捡起来，摊在手心，看了好半天，叹息良久。蝉啊，请问你一生的滋味如何？

蝉的一生之中，大部分时间活在地底，然后飞上枝头，高亢嘹亮，那巨大的声响，在夏天格外吵闹。雄蝉振动腹部的鼓膜，发出响亮高歌，其实是为了吸引雌蝉来交配。 它们只能这样活几个月。每当我想到这一点，就稍微原谅了蝉鸣的恼人。

自然界的生物里，人类的寿命，比上不足，比下有余。如果你有心，其实能够看到很多生命完完整整的一生。

我把每一次的遇见，都当成蝉留下的启示。它在地底待着时，忍耐憋闷湿热，痛苦吗？它在树梢上吸食树木的汁液时，顺便看过高处的风景吗？比如晨光中将干涸的风露，夜里落下的尘埃，城市摇晃的车马光影，乡野空旷的蔚蓝天。可还有什么遗憾？

无论它经历了什么，见识过什么，有何功业，有何失败，它都已经完成了自己。并且，它不会告诉任何人，也没法告诉任何人。

有人说作家是“手写我心”。其实，作家只是代替那些不擅长使用文字的人，写出本就共有的哀乐，写出那些被日常繁忙遮蔽的心。

写作是大地之间最普通的事，很多事物用它们本身的生命，写下了特别的故事，等待着人们在岁月漫长后读懂。

蝉用它自己的生命，也写下了文章，只不过它仅仅拟了一个标题，然后留白了。

在这留白之中，我把生命想了又想，渐渐理解，到了某种年纪，可能人会突然对很多事情失去兴趣，对另外一些平凡的事物，重新觉得重要起来。

细细琢磨起来，离开了热闹人群以后，我们所拥有的，不过是这寻常的人生，家常至亲，粗茶淡饭，陋室笨猫，几个老友。

第七章

不寄生

那所有的难过，其实不过是因为，我们对于爱是如此的幼稚而生疏。
因为有了伤痛，我们才会在暗夜里不断地辗转与反思。而那又算得了什么呢？
失去了爱，但我们没有失去爱的能力。

素描

人生如此寂寥，我们无论如何都无法忍受故事里只有一个人，

总要找一个人来分担我们的喜悦悲伤，笑和眼泪，痛苦欢乐。

有段时间我把我家最近的那家麦当劳当成书房，因为光线特别明亮，暖气也足，于是常常晚上八九点跑去吃东西，带上几本杂志或者小说什么的。那次进了餐厅，看见一个男生趴在斜对面的座位上画素描，铅笔和背包丢在旁边，拿着铅笔默默地涂擦修改。隔着一条走道，我看不清他究竟画的什么。这男生没什么表情，有时候拿起眼镜戴上，仔仔细细检查画作，又开始修改。

约莫两个多星期，我差不多平均两天就看见他一次。有一次我按捺不住好奇心，经过他桌边的时候，瞥了一眼，哦，都是不同漫画里的人物角色。我还认出来，是《火影忍者》里面的，我猜他大概是隔壁的服装纺织大学的学生。

人的好奇心一旦满足，也就释然。我心想，这孩子啊，就是一个狂热的动漫粉丝吧。最后一次遇到那男孩，是在晚上十点。没过多久，一个女孩走进餐厅，

走到他面前，笑着坐下去，没说几句话，那男孩也笑着站起身，跟女孩一起走掉了。后来，我没有再遇到过他们。

当时，我靠在快餐厅的墙壁上，琢磨了半天，灵光一闪的瞬息之间，才明白过来。回想起来，我能觉察画素描的男孩，曾有过多么漫长的烦躁等待，必须不停地画，浪费了许多铅笔许多橡皮许多惆怅，在得到恋人之前，他先得到了恋爱的过程。

某天夜里，下大雨，我从附近的超市出来，沿着一条马路往回走，遥遥地看见有人反方向走过来，看人影感觉怪怪的。凑近了一看，原来是一对情侣。那么稚嫩的面孔，一眼就可以分辨出是学生恋人。那女孩趴在男生背上，拎着球鞋，给自己和男生打着雨伞。其实他们大半个身体都打湿了，嘻嘻哈哈不以为冷，不知道在聊着些什么。

去年的某一天，我的一个友人S打电话求救，说是摔伤了胳膊，我问怎么了，严重不。对方回答说，自己还好，很幸运只是轻伤，是跟恋人一起骑摩托出事的，一起摔了。恋人比他还惨，断了腿骨，打石膏住院了，S于是去医院陪护，带食物去。我开玩笑兼鼓励说，你们两个非常有传统美德，患难与共呀!

过了半年，也就是今年春天，我跟沿海城市的小医生F同学聊天，F居然曾经从摩托车上摔下来过，情况同上，一模一样。我忍不住哈哈大笑。

关于那对雨中的情侣，我还没说完，他们经过我，继续向前时，摔了个狗爬式。稀里哗啦的，然后又爬起来，相互抱怨。我站在原地，饶有兴趣地观察他们。那场大雨里的男生，还是再次继续背起了女孩。

不过，后来找我求助的友人，还是跟恋人在一起，每周去医院探望直到恋人伤愈。沿海城市的那个摔伤额头，缝了十来针的F同学告诉我，如果还能两个人一起骑在摩托车上，还是要去兜风。我说，你不是医生吗？你不怕死啊！有过一次，还敢冒险啊！F只是简单回答一句，我愿意啊！

隔着电话，我也能看见F同学说他还是要跟恋人去兜风时，眼睛里的亮光，语气里的义无反顾。我真想在他受伤的脑门上，书写四个大字：勇者物语。他的那些年少时，罔顾生死，可怕到令人惊骇的勇气，使我震惊了。尽管后来他们分手了。

透过雨水，我也能想象出，浑身湿漉漉的女孩跟男生，重新凝聚身体的温度。冷下去，再热起来。他们的未来如何，已不是重点。

至于患难与共的那一对，受伤了总会好起来，既然有人陪在身边，已经是莫大的福祉。

《圣经》里说，爱是恒久忍耐，又有恩慈。重要的是，人生如此寂寥，我们无论如何都无法忍受故事里只有一个人，总要找一个人来分担我们的喜悦悲伤，笑和眼泪，痛苦欢乐。

慢跑鞋

那年的恋情，无比美好。像所有的初恋一样，十六七岁的初恋，只开花，不结果。

16岁的时候，小野躺着看天花板。她渴望，世界上有一种鞋子，能够让那个与她同路的男孩，不要跑那么快。

她和他走同一条路去上学。那些清晨，他总是要快跑上学，当做锻炼。小野骑着单车，想喊住他，但是，小野只是张了张口，身边吹过一阵风，那男孩就跑了过去。他的头发上下飘动，只剩一个背影。

后来，她下定决心，她要步行，提前在路口截住他。小野就真的截住了他。他咧开嘴巴，很夸张地笑，对小野说，你好啊！小野说，你好。多余的却开不了口，他问有什么事情吗？有的。但是小野就是没说出来，才第一次说话，她太害羞了，压根不知道说什么。

于是他就说我先走了。照例，迅速地跑开了，小野也开始跑步，她想跟上他，心里想着，那样，总有机会，可以表白她对他的好感。两边的树木倒流过去，她怎么也赶不上他。在学校，小野打听到，他是学校运动比赛的快跑冠军。他的名字叫做齐榄。

绝望的感觉，藤蔓一样爬上小野的心头。也许她一辈子，都没办法赶上他。

粗心的父亲母亲，没有发现小小女孩的秘密烦恼。只有姐姐，大她4岁的姐姐，看在眼里。

姐姐说：把你的储蓄罐打烂，我帮你。

姐姐的笑容很神秘。小野将信将疑：你不是想骗我的零用钱？

怎么会？

那你有什么好主意？

自有妙计。姐姐走掉，带着三百块钱，三百个硬币。

齐榄慢跑着，路显得那么长。熟悉的路上，慢跑过来，跟上他的速度。小野和他并肩跑着，有一搭没一搭地聊天。

姐姐是懂什么咒语吗？耳朵边全是齐榄活泼的大笑，整个天空的阳光，都显得耀眼。小野就有眩晕的感觉，已经顾不上研究神奇的咒语问题。幸福的感觉淹没了小野，一直漫过了头顶。第一次一起抵达校门。他们之间，爱情悄悄萌芽了。

那年的恋情，无比美好。像所有的初恋一样，十六七岁的初恋，只开花，不结果。升学，彼此分开了。然后是读大学，有一天，小野忽然想起这个谜。当她再次遇到了一个令她心跳的男孩。

齐榄，已经从小情人，成为了好朋友。都长大了，爱着别人。小野有了新的烦恼。她拨通姐姐的电话，问道：那年，姐姐用什么办法使齐榄等着我一起跑步？

哪里有什么奇妙的鞋子？那就是一双真正的慢跑鞋。姐姐笑不可遏。

小野也笑了。她再打了个电话给齐榄。电话那边说：我都不知道是谁送的。那么好看，当然要穿着，当然就慢慢跑了，享受新鞋子啊！没想到居然就和你聊上了……

20 岁的时候，小野看着楼下，经过的又一个令她脸红的男孩，轻轻拿起手边的橘子，看准了，砸了下去。

旋转木马

世界上怎么会有坐上去就能看见未来的旋转木马？一切只是美好的想象，想象着自己会成功，想象着成功后的美好结局。所以，就给了爱情一点点勇气。

在一些年前，他去过城市中央的月亮广场。那里是游乐场所，有旋转木马。记得自己那时候玩得很开心。和一群朋友一起回味着童年。

童年是多么好，无忧无虑，而且那个时候的自己，非常大胆。说什么就做什么，脸皮似乎特别厚，说追班上的班花就追了。可是越长大，自己却越变得腼腆了，一说话就脸红。看见女孩连话都说不出来。他多想找回童年的肆无忌惮，想爱就说出自己的爱。这样想着，不知不觉居然坐车到了广场。下了车，他直接跑到旋转木马的位置。

悦耳的音乐响起来，彩色的灯光闪亮闪亮的，晚上一切都是绚烂的。他坐上了木马，脑袋里却想着一个女孩。

他偷偷喜欢上了每天从他桌子边路过的一个女孩。但他不敢告白，他只是小职员一个，女孩却是经理助理。并且他老实得几棍子也打不出一句话。女孩那样漂亮而光芒四射，所有人的焦点。路过他也从来没有看他一眼。

木马旋转起来，越转越快，忽然似乎进入了流光一样的世界，眼前变得模糊，然后清晰起来。像是放电影一样。他看见自己追着那个女孩，打闹着，嬉笑着。还看见她偎依进自己的怀抱，一块一块喂他吃巧克力。

控制员关了电闸，木马不再旋转，渐渐停下来。眼前的一切都消失了。他却兴奋得不行。一定是自己运气好，遇到了特异的事情了。坐到那只木马上面，他可以看见未来发生的事情。

为了确认一下，他再买了一次票。再次发动起来的时候，他坐到木马上，速度越来越快，在眼前旋转的东西迷糊起来的时候，好像飞翔起来，穿过了岁月。他又清晰看见了先前的一幕一幕。

是了，女孩一定会接受他的爱了。他不必害怕被拒绝。他在那匹木马背上悄悄画了一个记号。

于是他在接下来的时间里，勇气倍增，信心十足。在下班后，所有人都离开后，他走到女孩的格子间里，把情书透过抽屉的缝隙，塞进去。出了公司门，在下楼的时候，电梯里只有他一个人。他压抑不住欢喜，乐得手舞足蹈。

一切如他所看见的。顺利得不能再顺利了，女孩看到了情书主动联系他。一起甜蜜蜜吃巧克力，追打着。其实女孩也留意过他啊，沉默安静的正是她心中喜欢的一类。

几个月后，他一个人再去游乐广场，想要去感谢那只神奇的木马。还想再看看她会不会嫁给他。但是变了，管理员告诉他：我们已经更换了崭新的木马，以前的已经太旧，油漆都脱落了。

以前的呢？他问。

处理了，应该是当废弃的木头烧掉了吧！管理员漫不经心地说。

他忽然豁然开朗，只是一只普通的木马而已。世界上怎么会有坐上去，就看见未来的旋转木马？只是他脑袋里的想象而已。想象着，自己会成功，想象着成功后的美好结局。

有时候爱情只差一点点勇气。如果没有理由去大胆说出来，那就给自己想象一个。

宫崎骏的梦

我确信在我的人生的某个年纪，那段记忆也等着我去开启，经过漫长沉淀后的神话，会在小小的竹筒子里，爆出无比阔大的彩色焰火。

小千寻从那个迷幻的城堡建筑里出来，是遥远无边的海面。水在地上，她赤着脚踩过去。天空无比蔚蓝，干净得像是婴孩蓝色的眼睛。

我很喜欢小女孩慢慢在水里行走的段落，水很透明，看得见脚趾。手里提着脱掉的鞋子，遥遥挥着手和鞋子，向着喊话的女子致意。蚊子提着小胖老鼠飞着，时不时歇息在小千寻的肩膀上。无面人半透明的淡黑色，跟在后面。有四张车票，他们一起上了水中的列车。

宫崎骏说他是为了朋友的五个小孩子做的，为了那些十岁左右的小女孩。但我觉得，那里面总归渗透着一个满脸胡须的老头，心里住着的童话与幻想。虽然荻野千寻只是一个平凡的女孩。

其实这部电影的故事，我们可以忘记掉。然后把你自己的眼睛遮蔽上，好好想，好好想呀，你一定曾经在内心听到过什么声音。你一定去过某个世界。那个世界是无法用逻辑搭建的世界，那是一个梦境，没有什么比梦境更加绚烂神奇。

在我们的小时候，一定不仅仅想过爱情和零食，考试多少分，以及老师那张可恶的脸。不管是男孩还是女孩，一定曾经有过一些时间。比如在山顶上吹着风看着云，在树林里数着蚂蚁，在晴天的时候，跟踪过一只兔子。

这就是秘密所在。

荻野千寻遇到的世界，不过是宫崎骏笔下的一场大梦，漂亮的大梦。那些记忆构成一个属于自己的世界，他在他的童年，想着神仙也会到浴场泡泡温泉，会有专门为他们服务打点赚钱的浴场。这些细节，就如同片尾曲唱的，“在破碎的镜子上，反照出新景象”。

在我们为他的梦中世界和童年的影子，透过打碎的玻璃镜子，折射的奇妙世界而惊叹时，我们应该停一下。停下来做什么？停下来问一问自己。

我们也有自己曾经的梦境和记忆。虽然在人间一路走，却不该一路忘记。遗忘的是能够找回来的，只要你记得自己的名字。那是你用你的眼睛，看到的花、风与城市，乡村、海面与童年的赤脚。也许包裹了好多层布，混杂了泥土与砂石，还有破旧的单车轮胎，潮湿发软的纸飞机，残缺的风车，但是，在晴空的蔚蓝下，听着悲伤的歌曲，我们总是会想起来的。

这不止是一个关于一点爱情一些成长的电影。我们不会仅仅在别人的故事里流自己的泪。还要找回自己失落的记忆。就好像小千寻记起了曾经跌落到一条叫作琥珀川的河流，并且被人救起一样。我确信在我的人生的某个年纪，那段记忆也等着我去开启，经过漫长沉淀后的神话，会在小小的竹筒子里，爆出无比阔大的彩色焰火。

那种想象的世界，你一定也是曾经有一个的。你的也许比宫崎骏那老头儿的更加丰美盛大，奇妙瑰丽。

不寄生

那所有的难过，其实不过是因为，我们对于爱是如此的幼稚而生疏。因为有了伤痛，我们才会在暗夜里不断地辗转与反思。而那又算得了什么呢？失去了爱，但我们没有失去爱的能力。

一本好书，能够让我们学会许多。用岁月的沉思所写下的真理，往往使我们把情感和自己看得更加清楚。那年夏天，我看了好几本谈论爱与心理的书，有荣格的，也有黑塞的，还有美国心理学家派克的和旅美学者徐浩渊的书。

一本著名的心理之书《无路之行》给爱下的定义，让人看见后愣住了。定义是这样的：爱，是一种为了哺育自身或他人的精神成长而延伸自我的意愿。

美国的家庭心理治疗家保罗博士夫妇，在《假如你真的爱我》一书中，将这个精辟的定义，用更加明晰、易懂的两句话来展开：

真爱的行为，是一种抚育自身和他人情感与精神成长的行为。

其中一本书讲了一个小故事：丈夫离开人世以后，妻子觉得世界都不存在了，她是如此爱他。空荡荡没有依靠，孤独而悲伤。她去拜访一名出色的心理医生，寻找帮助。因为她痛苦得想要自杀。

“我实在太爱他了，没有了他，我不能再活下去。”

“你知道不知道，你根本不是爱他！”心理医生回答。

“你这是什么话？没有他我不能活下去。我可以为他去死。”她愤怒了。

心理医生问：“你知道什么是寄生吗？”她愣住了。

“当你需要靠着另一个人而活下去，你便是一个寄生者。在你们的关系里，没有选择，没有自由。爱应该是自由的选择。两个人相爱，意味着其中的每一个人，完全有能力独立生存，但是选择了与对方在一起。”

一连许多的漫长而辗转的夜，她陷入沉思。后来，她不再找心理医生。因为依靠医生，也是一种寄生。她只带上医生的那句话，真正地像一个成熟的人，去学习生活。慢慢地，她学会为自己寻找生命中的快乐。当时的伤痛，渐渐地愈合，丈夫逝世的阴影，也在慢慢褪去。

她明白了，一个真正成熟的人，在情感上不需要依靠任何人，能够独自地站立起来。一年来，她的父亲和母亲相继离开人世，她安静地承受着失去亲人的悲伤，却再也没有绝望与自杀的念头。她已经学会了情感的独立。

是的，一个人一辈子多多少少，都会遇到一些黯然神伤的事情。那些事情，对于我们来说都是漫长的辗转而沉默的夜。在少年时期无所畏惧地去爱，然后被伤害之后，我们退回去，一直退到内心最狭窄的地方，封闭自己，并且贴上标签，说，我不想再被伤害了。也许因此，好多日子我们不想说话，不想去爱，不想好好生活，也不想去寻找快乐。

但是我们可能从来没有想到，那所有的难过，其实不过是因为，我们对于爱是如此的幼稚而生疏。因为有了伤痛，我们才会在暗夜里不断地辗转与反思。而那又算得了什么呢？失去了爱，但我们没有失去爱的能力。当我说，我爱你，那意味着我并不是必须爱你，而是我选择了爱你。“我爱你”，不是其他任何什么，而是我自由的选择。

它只是被你锁了起来，像一个孩子一样害怕成长。而我们彼此都需要学习爱的成长。没有成长的爱，又怎么能够拥有幸福？现在彻底明白了。爱不是纯粹的占有，不光是身体的愉悦，孤寂时候的陪伴，也不是相互的饭票和归宿。

爱是一种行为，它能够让我们彼此成长。让我们彼此摆脱了拿别人当拐杖，寄生在爱人身体上的幼稚病，真正独立成长起来，懂得爱、享受爱和承担爱。

听安徒生的话

爱是恒久忍耐又有恩慈。但这句话，是走到一起的两个人，各自用来要求自己的。佳偶本质上，也有着内在一致的做法和价值观。怨偶手指对方，佳偶则摸着自己的胸口。

当爱情跑步进入了教堂，有了婚姻，故事翻开新的篇章。李安凭借《少年派的奇幻漂流》再次拿到奥斯卡金像奖的最佳导演奖，他和太太的多年相守，也惹人议论纷纷。

有人说："很多女人都说找老公要找李安这样的。可是你知道吗？好老公不是找的，是女人培养出来的。当年李安刚毕业时，待在家里写剧本，他妻子养了他7年多，不仅没有抛弃他，还一直鼓励他坚持下去。试问现在的女人能做到吗？"

还有人说："现今好多男人唏嘘李安有这么好的太太，然后百般嫌弃曾经的和现今的身边人，好似他们今天的不成功是因为没找到个李安太太，却也不曾想自己是不是李安，有没有那样坚持理想。""李安只是个孤独的例子，哪有那么多李安。”

这就是最深的真相和最后的答案，不管是第一种说法，还是第二种说法，这两种人，不管是男人女人，凭空想象都可以看见嘴角扯动的讽嘲和尖酸刻薄。因为有那两种说法的人，其实是一种人，秉持的其实是一种价值观和态度：有问题，就是其中一方面的问题，不关自己的事情，永远冷嘲热讽，永远打击报复。世间的怨偶都一样，佳偶的确只是难得的孤例。

真实的情况是，李安的太太林惠嘉说过：“安，记得你心里的梦。”也曾经打越洋电话向母亲哭诉想离婚，“我怎么可以变成这样的女人”。李安那么低落不得志时，自暴自弃打算去找别的工作，也万念俱灰过。林惠嘉绝望的时候，也想过离婚。

李安拍的电影基本上全是内心纠结、矛盾、狂暴的，最后选择表面上的温和与妥协，直到《少年派》都是如此。得奖的快乐，只是对漫长苦闷的短暂奖赏，所以笑得格外畅快开心。

温暖携手只属于走到最后仍然彼此扶持，不属于相互胁持折磨的人。任何一个人单方面都做不成佳偶。佳偶这种状态，也不全是贯穿整个阶段，往往多是出现在中老年。拿着再大的放大镜去检点他们的人生，其实还是老话，他们也不过是恒久忍耐和心有恩慈。忍不下去，又做不到有恩慈的，那就只能尽量放下吧。

李安和林惠嘉这两个人，只不过勉力做到了自己的名字，一个安忍了，一个苦守贤惠，嘉许先生去为梦想坚持。

安徒生写过一个故事，“老头子永远是对的”，不过那是童话。《圣经》说：爱是恒久忍耐又有恩慈。但这句话，是走到一起的两个人，各自用来要求自己的。佳偶本质上，也有着内在一致的做法和价值观。怨偶手指对方，佳偶则摸着自己的胸口。

上个世纪的爱

他们什么都不曾多说，终于决定，一只手握住另外一只手，并且不再放开。他们走进婚姻的殿堂。他们之间确实存在了爱，那些便是证据。对他们来说，爱是为你穿上一件光滑的毛衣。

听一个朋友讲他父母的故事。

两位老人家在刚刚开始认识的时候，两个人晚上一起去游玩，把当地的中山公园逛了一大圈，走得累了，在小城市的一家大排档坐了下来。

他们都是工厂的职工，工资微薄，被人介绍后见面的。女方要求男方顾家，怎么才算顾家呢？介绍人说，男方会修修补补呢！

那个年代，物质贫瘠，不像现在衣服东西随便买随便丢，都是靠手工修修补补。男方呢，只要求女方贴心，疼人。

夏天的天气很炎热，一起要了一盘切好的西瓜片。吃第一片西瓜的时候，她用牙签串起，却不是给自己的，而是送到了他的嘴巴边。

他有点羞涩，把西瓜片含进嘴巴里。他忽然回忆起第一次吃这种水果的滋味。夏天的太阳当头照下来，就如同现在，那种感觉浮现上来。很甜，很甜。他一刹那，觉得自己很快乐。现在，就好像是第一次感觉到甜的味道。

他能够感觉到全部的爱的味道。

后来，她一次在路上买回来的衣服，不小心粘了碎小棉花，滚上毛球。可是她很爱那件衣服。她还打算明天穿出去。不过算了，还有别的衣服可以穿的，于是她先睡觉了，把衣服放到了一边。

他没有睡。月光从黯淡到灿烂，再到隐去。

第二天，她看到衣服上，细小的毛球，已经所余不多。他在早上的光线里，拿针为她细致地挑去最后的一些。

早上的一切都是沉静的。他把衣服给她，她轻轻地穿上去，她去参加了别人的婚礼，回来的时候，带给他一只小小领带夹。他也乐得直接夹起来，很好，很合适。

他们什么都不曾多说，终于决定，一只手握住另外一只手，并且不再放开。他们走进婚姻的殿堂。他们之间确实存在了爱，那些便是证据。对他们来说，爱是为你穿上一件光滑的毛衣。

那些淡淡小小的细节，演绎的是一段上个世纪的美好，令我动容。

你内心的怪物

接受自身的复杂。别用好人坏人去简单区分判断自己，也别用好人坏人去简单区分判断亲人，以及陌生人。

也许很多人不愿意承认，所有的电影、绘画、音乐和故事，其实本质上都是心理治疗。当然了，这只是一个平淡无奇的真相。

我们总以为面对生离死别的时候，孩子比大人更加难以承受。其实任何人都难以承受这生命中不堪承受之重。

所以，《当怪物来敲门》这部电影极其简单，又极其重要。

简单到，就是讲小男孩康纳面对妈妈重病将逝去，种种心理创伤，种种恐惧，种种愤怒，种种悲伤，以噩梦出现。他召唤出了一个巨大的怪物，一颗千年紫杉树化身的大怪物。

而重要到，要用 100 多分钟来好好谈一谈，我们如何去告别。

谁也无法否认，至亲患上重病，是一件多么痛苦的事情。最大的痛苦是，明知道治疗其实没什么效果了，亲人总要死去，但我们还必须等待着最后一刻到来。

那个过程，是一段无比漫长的痛苦时间，把我们平常容易度过的时间，拖长到难以忍受的程度。

当我们需要怪物的时候，怪物就来了。怪物不是凭空出现的，其实是我们自己变化出来的。我们就是怪物。

怪物给小男孩康纳讲了三个故事，再让他自己讲出第四个故事，讲出他心中的真相。

失去妈妈的痛苦太庞大了，以至于，康纳希望这一切都结束掉。人就是如此的复杂。最爱的人，你当然希望她活下去。但是人的感性，掩盖不了理性。

理性之中藏着真相，真相是妈妈的化疗失败了，各种治疗方案都用遍了，只能试试副作用巨大的紫杉醇了。使用紫杉醇，只不过是癌症患者的辅助方案，也可以理解为，勉为其难的心理安慰的治疗。

康纳希望妈妈好起来，但他知道妈妈不会好了，他希望妈妈活下去，但他又渴望这一切都赶紧结束吧，他受不了觉察真相的折磨。

他暴躁摔东西，他毁掉外婆的家具物品，他总是挑衅望着同学，是因为他希望有人来惩罚他自己。他享受着同学的殴打，他一再提出要求，希望接受惩罚。

他无法忍受，自己内心深处，居然希望妈妈快一点离开人世，这样一切痛苦就结束了。他和妈妈都会解脱了。

而这种想法，太罪恶了。

康纳就是怪物，怪物就是康纳。所有的故事，都是康纳自己讲给他自己听的。

第一个故事，国王有三个优秀的儿子，征战沙场，保卫国民，牺牲在战场上。王后因为丧子之痛而逝去。国王娶了新的年轻女子。人们揣度猜测新王后是个巫婆，毒死了国王，想要谋权篡位。

而国王唯一的孙子，有一个年轻可爱的恋人，是个农家女子。在躲避女巫的追杀过程里，年轻的王子发现女巫杀死了自己的恋人，于是他发动愤怒的民众，烧死了女巫。成为了一个受人尊敬爱戴的新国王。

这原本是一个多么正义打败邪恶的童话。可是怪物知道真相。

真相是，那一天夜晚，王子彻夜未眠，看着身边心爱的女子，举起匕首，杀死了恋人。借着恋人的鲜血，王子成功点燃了民众的怒火，借着愤怒的力量，他处死了继祖母，登上权力宝座。

这对应的，是康纳对外婆的仇恨，对父亲的仇恨。

外婆跟小外孙之所以合不来，是因为讨厌始乱终弃的女婿，也就是康纳的父亲。康纳的父亲，并不一定是一个坏人。

我们的生活，并不像童话那样，男女相爱结婚，有了孩子，就过上幸福的生活。我们总有各式各样的艰难，有每个人自己的苦衷。光有爱，是不够的，不足以支撑我们彼此陪伴度过一生。

第二个故事，药剂师和牧师的故事。药剂师抵触现代医疗手段，用树皮、草药、浆果来制药看病，生意很好。而牧师坚信自己的信仰，反对药剂师的炼药和治疗，布道的时候，拼命否定药剂师。令药剂师生意失败，赚不到钱。

直到牧师自己的两个女儿患病，各种现代医疗方法都无效，牧师又去哀求药剂师，为此，他愿意放弃自己的信仰。只要能够治好女儿。

然而，牧师最心爱的两个女儿病死了。

怪物说："药剂师虽然贪婪无礼，但至少救死扶伤。而牧师，放弃了自己的信仰，必须接受惩罚。"

这部电影，把隐喻用故事讲出来，讲得极其直白，足以逐一对照。

康纳的妈妈，采用现代医疗，都失败了。于是医生们和她自己都放弃了这样的治疗，开始使用替代疗法，不断试用别的治疗方案，甚至草药提取的化学药品。

这对应的，是康纳的愤怒和绝望。

康纳不再相信医生。医生们出于人道主义，出于对一个幼小男孩的照顾，总是说一些善意的谎言，告诉康纳什么治疗有效。但是最终医生们自己也放弃了，开始死马当活马医，什么方式都用来试一试了。

就像，康纳和妈妈相互欺骗对方，一个告诉孩子自己会好起来的。一个告诉妈妈，我相信你会好起来的。

他们把悲伤和恐惧强行压住，假装镇定地生活。但悲伤和恐惧是压不住的。会在梦中，以更加强烈狂暴的方式，爆发出来。

第三个故事，讲述的是透明人。人群中，被人忽视的人。为了博取关注，只得挑衅别人。哪怕是被揍。康纳一直盯着他的同学，为了被关注，借着别人来惩罚自己。

第四个藏在康纳心底故事，就是现实中，康纳与妈妈告别的故事。正是康纳自己的噩梦。他总是梦见妈妈站在家门口，忽然天崩地裂，妈妈即将掉下深渊，他抓住妈妈的手，想要救她。

在第四个故事的结尾，康纳终于在妈妈临终前，抱住了妈妈。

在医院的病房里，康纳看着怪物，就是看着自己的内心，看着那一部分自我的化身。他问自己，怎么办？

怪物告诉康纳，说出真相。仅此而已。

真相是，康纳抓紧妈妈的手，流泪说，“我不想让你走。”

当男孩说出这句话的时候，他接受了妈妈的必然死去。他不再和妈妈相互欺骗，他们都接受了真相，哪怕万般不舍万般哀痛，他们终会被疾病分离。

康纳的妈妈，一手抱住康纳，另外一只手握住自己的母亲，平静地死去。

妈妈告别了孩子，孩子，也跟妈妈完成了告别。

最后的最后，如果你还记得电影开始的时候，康纳靠在妈妈的怀抱里，和妈妈一起看金刚的故事，你会明白，有着艺术家理想和渴求的妈妈，隐隐约约希望留给康纳一点东西。

妈妈告诉康纳，金刚其实并不想伤害人类，但人们畏惧金刚，出动飞机围攻金刚，杀死了金刚。金刚从帝国大厦掉下来。

这是一场迂回曲折，深沉隐晦的心理治疗的开始。

有了这样的暗示，康纳的心中，才会幻化出一个怪物来。

而那个怪物，那个千年紫杉树，从小就出现在妈妈的绘画里。所有的故事素材，妈妈都曾经讲给康纳听过，在他很小的时候，并且画出来，画成水彩画，画在一个册子上。

那个温柔深沉的怪物形象，妈妈早已经创造出来，留给了康纳。这是文学艺术的意义，或许也是唯一的意义。

接受自身的复杂。别用好人坏人去简单区分判断自己，也别用好人坏人去简单区分判断亲人，以及陌生人。

接受信仰的放弃。为了所爱的人，人们脆弱崩溃，放弃信仰，跪下臣服于恐惧，是可以理解的。

以及，接受失去。

当康纳长大了，变成一个少年，面临妈妈患病将逝的恐惧，这些心理暗示，生根发芽，帮助康纳自己，度过了最幽暗痛苦的时期。

这也许是活在现代社会的人，难以回避的终极问题。

医疗科学进步了，人却必须接受不断治疗，家人无法忍受失去的痛苦，也无法忍受目睹亲人被太多的过度治疗所带来的折磨，更加难以忍受长年累月的心理负荷压力。

家中有一个久病的至亲，你也将不得不学习什么是临终关怀，什么是拒绝插管过度治疗，以及如何去告别，如何说再见。

告别没有来临之前，那么可怕，那么恐怖，那么漫长折磨，那么内心矛盾，那么艰难痛苦。

告别真正到来的时候，也只是需要彼此深爱的人，陪在身旁，度过短暂的时刻。

我们大多数人，也终将直面自己内心的那个怪物。

琼瑶的生死观

先得接受自己的死亡，接着才谈得上考虑尊严体面地离开人间。

作家琼瑶公开发文章，提到这是她人生最重要的一封信，将迈入80岁的她，认为自己没因战乱、意外、病痛等原因离开，一切都是上苍给的恩宠，“所以，从此以后，我会笑看死亡”。

并特别发出5点声明叮咛儿子，表示无论生什么重病，她都不动大手术、不送加护病房、绝不能插鼻胃管，最后再次强调各种急救措施也不需要，只要让她没痛苦地死去就好。

看完上面的文字，想起以前看三毛的书，三毛总是嚷嚷着要自杀，很多次，关键时刻都是琼瑶拦截三毛，苦口婆心劝住了三毛。三毛在自己的文章里，直接感谢琼瑶的这份深爱。

虽然三毛最终还是自杀了，但是琼瑶至少把三毛的自杀推迟了好多年。

琼瑶女士的事业极为成功，影响了几代人的琼瑶剧，捧出了好多男女明星。

林青霞、刘雪华、岳翎、陈德容，后来的赵薇、范冰冰、林心如。简直垄断了大半个华语娱乐圈，完全是个女神制造机。

这可能是我个人的一种观察经验，越是具有世俗意义上的成功，越是对生死的态度比较豁达。

先得接受自己的死亡，接着才谈得上考虑尊严体面地离开人间。

说回老百姓的生死。小老百姓还真的扛不住不孝的闲言碎语。因为大多数人生活的周边，都是没有自己的脑子的人。这些人的观点、看法、态度，都是被别人灌输进去彻底封装好的。不抢救自己的亲爹亲妈，那就是不孝。

琼瑶的儿子要是放弃治疗母亲，同样会被骂的。所以，归根结底还是需要当事人自己提前作出决定。

琼瑶害怕死前那一刻儿子媳妇畏惧世俗眼光抢救她，插各种管子，动各种刀子延续机械似的生命，干脆自己公开发遗嘱，实在是干得漂亮。

有些观念的打破，真的只有靠名人带头。有了琼瑶公开示范，更多名人跟上，等到大多数人老了的时候，就足够形成风气了。当然了，医院可能不是很高兴，进重症监护室费用巨贵的，是庞大的收入。其实很多医生反倒支持临终少折腾。

琼瑶说："去求神问卜，不如去充实自己！我一生未见过鬼神，对我来说，鬼神只是小说戏剧里的元素。但是，我发现宗教会安慰很多痛苦的人，所以，我尊重每种宗教，却害怕别人对我传教，因为我早就信了无神论教。"

作家本人跟她的电影电视剧真不一样。她的剧里，为了爱情呼天抢地，女主角美丽漂亮娇滴滴的，但是她自己却是大智慧，内心透彻，非常大女人，独立自强。感谢琼瑶，年老了贡献了文明的生死观。

杂货铺的赠品

落雪的天气，下雨的天气，烈日暴晒的天气，我都能去杂货铺随便买点什么。

我总会去买点什么。

因为无论我买点什么，他都会附赠一份平静。

我几乎是忽然之间，发现小区里面有一个杂货铺。里面的东西摆放得杂乱不堪，货品也跟外面的便利店超市大不一样。

起初我发现了卤肉。那个时候老爷爷和老婆婆还在一起看店。卤肉是老婆婆自己做的，按照她家乡的风味制作的，跟我在餐厅饭店里面吃的有差别，有种醇厚的香味。后来我让我妈妈去买，她们交流过，只是多了一道传统程序，稍微熏过。

可惜，好吃的卤肉只比昙花一现多了两三次。我也不知道为什么。

后来又冒出菜包子，说来很逗。我从杂货铺的冰柜里拿鸡胸肉，看见包子就顺便拿了几个，打算自己做水煎包。

老爷爷笑起来，说这是他家自己做来吃的，你要买就五角钱一个吧！

有天晚上，便利店都关门了，超市也关门了，还下着雨，只有这家杂货铺的灯光还亮着。我家的冰箱空了，谈了一天的工作，五六件事搅和在一起，不知不觉半夜了，整个人还陷在忙碌后的焦灼当中。

饥肠辘辘的我，打着雨伞去买零食。在他的店里面安营扎寨的两只流浪大白猫，主动朝我叫唤了两声。老爷爷用他颤巍巍的温和声音冲我打招呼："你好啊！"

我就没那么焦躁了，买好了食物，慢慢走回家。我拎着一大包东西，听着雨滴在树叶上平缓敲打，如同无数支舒曼的曲子。

其实，这个杂货铺，就是他家的客厅改造的。我去一趟杂货铺，只不过是从我家的楼栋，走到附近的楼栋。

我不知道是他的年纪的确非常老了，进入了生命当中最温和的阶段，还是他本性就是一个这样和蔼的人，从年轻时候开始就这样。我所在的这个城市武汉，以个性火爆出名。很多七八十岁的老婆婆仍然格外大大咧咧。

杂货铺的老爷爷只是守着他的店，度过他的晚年。没有什么工作压力，也没有什么盈利目标，更没有利润增长的业绩要求。他就在店里坐着，有时候抽根烟，有时候弓腰驼背，在货架之间徘徊。

他的妻子，那个很擅长做卤肉和菜包子的老婆婆，去另外一个城市帮忙带孙子去了。于是一年多了，店子里都只有这个老爷爷。后来我才搞明白，为什么卤肉和菜包子消失。

我一度觉得，他太寂寞了。每次去店里，他都要跟我打招呼，买东西从来都不会跟顾客锱铢必较。我有时候忘记带零钱了，就隔天再给他送过去。有一回，他还额外给了我的家人一盒饺子，那是他自己包的。

除了问候一声，稍微聊上几句，他的话并不多。不攀谈问东问西，也从来不会粗声高音。最多，偶尔提示一下我，有几种蔬果是新鲜送到的，如果我需要添加点葱蒜，就自己拿。

就连流浪猫，他也是有空就喂一下，不逗弄，也不打扰。人和猫，互不黏腻。

我知道，总有一天，这个店铺会变样的，或者是不在了。这是我性格当中悲观的理性。他的子孙没有兴趣看守这么一个杂货铺。这个小小的店，更像是为了有点事情做而开的。

我心中的疑问，也有了答案。他青春时代时候当过兵，还曾经年轻气盛提过意见，最终遭受报复，失去了职业。几十年过去，他仍然成为了一个善良的人，没有被戾气仇恨所控制。

所有的东西我都可以从网络上买，如今的快递外卖已经方便到了，懒成猪都不愁没吃的。买单付账就行了。

然而有些东西是标准化的便利店，永远不会具有的。连锁便利店整洁干净，雇佣着长相好看的年轻男孩和女孩，他们是在为老板打工，所以无论如何亲切微笑，都带着一股疲倦。这是无可奈何的事。

我希望杂货铺一直都在，就像是一种有默契的陪伴。老爷爷在，这个杂货铺就会在，两只流浪的大白猫也会在。落雪的天气，下雨的天气，烈日暴晒的天气，我都能去杂货铺随便买点什么。

我总会去买点什么。

因为无论我买点什么，他都会附赠一份平静。